純情《ジュンジョウ》スロットル 1

ももしろ

JN282834

純情《ジュンジョウ》スロットル 1

走りだしたら止められない

純情だけじゃ止まらない

回りはじめたスロットル

一緒に恋の歯車も

回しちゃって…

いいですか？

COVER DESIGN ERIKO FUKUI

CHARACTERS

月ノ瀬美世

TSUKINOSE MIYO

通称：にゃん太

谷高に通う2年生。自他共に認める妄想系恋愛ド素人。運命、出逢いといった言葉に極度にヨワく、恋愛偏差値が低い。一目惚れする癖があるが、今までの人生で好きになった男子は3人と、意外に少ない。フワフワのロングヘアで、前髪を留めいつもおでこを出している。

武藤由海

MUTO YOSHIMI

通称：ムトー先輩

美世と同じ高校に通う3年生、超モテ男。美世とは、ラブホテルの前で遭遇!?　少しだけキケンな香りがする軟派な先輩、と思っていたが…。長めの茶髪、超魅力的な笑顔で女の子をノックアウト!　“にゃん太”の名付け親。

ムトー先輩の悪友たち

木村優太朗
KIMURA YUTARO

通称：キム兄
五分刈り頭の男気溢れる肉体派。

牧野雅伸
MAKINO MASANOBU

通称：マッキー
心優しいのんびり屋。なんとなく印象は薄いが…。

久保田佐助
KUBOTA SASUKE

通称：ケベ
ゴーイングマイウェイなお調子者。短髪でピアスをつけている。

西屋采子
NISHIYA SAIKO

通称：采ちゃん
美世の高校からの大親友で同級生。毒舌で男前(?)な性格ながら、極度のブラコン。美世にありがたくもキツ〜いアドバイスをくれる。

MARU
マル

人気ラジオ番組『ラブテク』のパーソナリティ。若くてハンサムという噂があるが、誰も素顔を知らない。

福島 楓
FUKUSHIMA KAEDE

美世が勇気をふるって告白した相手。オーケーをもらうも、即日ホテルに誘ってくるという、とんでもないヤツ。

鎌木先生
KAMAKI

通称：カマキリ
谷高の生活指導教諭。竹刀を持って、愛のある生活指導(?)をおこなう。

近所(?)のカップル
COUPLE

美世が自転車でぶつかってしまった憧れのカップル。実は…。

純情レベル0

これがあたしの恋愛人生

あたしの中に
「運命」って言葉は
いくつ存在するんだろう。

頭の中での運命。

心で唱える運命。

さぁ、今度の運命はホンモノかしら？

主食は、妄想。
夢と愛を肥料に、毎日恋を夢見ている。
そんなあたしも、高校生活２年目。
頭の中だけじゃなく、リアルな恋がしてみたい。
彼氏とゆっくり街を歩く。
歩く時は手を繋《つな》ぎたいな…。
恋人繋ぎがいいかな？
シャツを引くのがいいかな？
あたしはまぶたの中で恋をする。
あたしの頭の中の恋愛は、いつもここまで。
そんなお子様な恋をあたしは卒業するんだ！
でも…。

「美世《みよ》ちゃん？」
あたしの肩に手を回し、覗《のぞ》き込むように微笑《ほほえ》む男が１人。
「はっ!!　はいぃっっ」
好きな男の前じゃちっとも上手に行動できない、自称恋愛アマチュア人、月ノ瀬《つきのせ》美世。
17歳。
…自他共に認める妄想系恋愛ド素人。
頭の中で進む妄想恋愛に、いつもうつつを抜かしている。
リアルの恋なんてしたことない。
だから今、どうしていいかも分からない。
「あはは。どうしたの？　急に黙り込んじゃって」

あたしの肩を抱き、にこっと笑う男の姿は例えるならば白鳥のよう。
透きとおるような笑顔が、空に大きく広げる真っ白な羽のように輝いていて、できることならば目を塞《ふさ》ぎたい。
ていうか！
できることならばこの場から逃げ去りたい!!
ネオンが光る街。
青白く光る建物。
極めつけは「HOTEL《ホテル》」と書かれた赤いライト。
「あっ、あっ、あの!?」
あたしは真っ赤《か》な顔でその姿を見上げる。
「ん？」
にこっと微笑むその男。
名前は福島楓《ふくしまかえで》。17歳。

――1時間前のこと。
『あっ、あのですね!!　福島くん!!　あたしねっ…』
実は同じクラスになった時から、ずっとずぅっと気になってた。
野球をしてる姿が素敵で、授業中や休み時間に笑うその笑顔にキュンときてた。
だってすっごく爽《さわ》やかに笑うんだもん。
恋したら、彼女になれたら、絶対絶対幸せそう。
一緒にお弁当持ってひなたでランチ。

夕方は部活終わりに一緒に下校。
≪待たせてごめんな？≫
≪ううん、美世も今来たとこ≫
…なんて甘い会話を交わすの。
うっとりと頬《ほお》を染めて早３ヶ月。
甘い夏を過ごすためには、ここらで踏み出さないといつまでたっても手に入れられない。
あたしの思い描くだけの甘い恋。
素敵な恋がしたい。
甘い恋がしたい。
今度は絶対がんばるんだ！
あたしは大きく深呼吸をして、目の前に立つ爽やかな彼に伝えた。
『お、お友達になってくださいっ!!』

その、答えがココになるの？
あたしはそのライトを見上げて佇《たたず》む。

『友達ってか、俺《おれ》のこと好きなんでしょ？』
その彼の言葉にあたしは頬を染めて答えとした。
そうしたら彼は笑って言った。
『好きなら早く一つになりたいじゃん』
『ひ、ひと…!?』
戸惑うあたしを、彼は強引に引っ張った。

そして連れてこられてこの路地の中。
≪今日は星でも見て帰ろうか…≫
≪…うん≫
そんなロマンチックなことを夢見てたのに、今見ているのは赤いネオンに「HOTEL」の文字。
初めて見る妖《あや》しい光に、あたしの目は釘《くぎ》づけ。
(な、なんで…!?)
ポカンと口を開けて、ホテルを見つめていると中から一組のカップルが姿を現した。

「また遊ぼうねっ」
軽いノリの女は、ボリュームある明るい茶髪をなびかせて笑う。
外見と比較して、化粧気のないその顔に違和感を感じながら、こんなに綺麗《きれい》なら化粧なんて詐欺行為、しなくていいのかも…とあたしは思った。
その言葉を聞いて隣の男が微笑む。
「運命が重なり合えば、ね」
あたしはその言葉を瞬時に受け取った。
(…うんめい…?)
妄想狂のあたしに「運命」とかそういう類《たぐい》の言葉は一切タブー。
そのたった一言であたしはキュンときてしまう。
頭の中の恋愛は、非現実的な言葉を好むから。

しかもその男の容姿が、えらく男前。
垢抜《あかぬ》けたトーンの茶色い髪。
襟足の髪が肩について少し外ハネ。
流した前髪から綺麗な鼻筋が見えて、強気そうな瞳《ひとみ》に少し垂れた目尻《めじり》。
少女マンガから抜け出してきたような出《い》で立ち。
いかにも“モテます!!”オーラを醸し出している。
他《ほか》の人から言わせると、そういうのは“遊んでます!!”が正しいという。
「じゃ、バイバ〜イ」
顔の横に置いた手のひらで、コンコンと狐《きつね》を作るように指を動かし、その男は笑った。
垂れた目尻がますます親近感を持たせる。
遊び人風な軽い雰囲気。
身軽な細身の体形。
あたしとは絶対縁のない、そんな人。
バイバイと彼女が見えなくなるまで一応手を振り、真顔になったその男の顔をあたしは見た。
ニコニコと笑う顔が、ふっと色を失う。
なんだか疲れた表情に見えた。
あたしはその変容ぶりに驚いて目が離せない。
男は「ふぅっ」と軽くため息をつくと、ズボンのポケットに片手を突っ込み、携帯を耳元に置いて、こちらに向かって歩きだした。

あたしは慌てて、楓くんの背中に隠れる。
「どした？」
あたしが急に背中に隠れたので、楓くんは腕を持ち上げ、腕の下からあたしに訊《たず》ねた。
「…やっ。やっぱこういうのって違う気がする…。やっぱり運命が重なり合わないと…」
すぐ影響されて、あたしは夢の中。
どこかのヒロインになってしまう。
楓くんは「は？」と理解し難い顔をしていた。
「何言ってんの」
冷たかった瞳がパッと笑顔に戻って、楓くんはあたしの手を引く。
「やっ、だから…っ」
あたしは身をよじってその手から離れようとした。
でも楓くんは手を離してくれる素振りはない。
がんばって楓くんの指をめくってはいくけれど、楓くんは既にホテルに夢中。
(こんなことってありなの!?)
爽やかだと思っていた彼は、もうどこにもいない。
あたしはまぶたを力いっぱい閉じて、楓くんの指をめくるため腕に力を込めた。

「――は？」
するとまぶたの遠くの方で楓くんの不機嫌な声が聞こえる。

「……。……？」
ソロリとまぶたを上げると、あたしたちの目の前に遊び人風意味深男が立っていた。
目を丸くするあたしと視線が合うと、ニコッと目尻を落とす。
空気がトロリと甘くなる。
あたしの手を繋ぐ、さっきまで大好きだったはずの楓くんのことなんか、頭の中から消えていた。
うっとりとその男を見上げていた。
そして。
「ぐぇっ!?」
その男を見上げていると、突然の強い圧迫。
ぐいっと掴《つか》まれて、あたしの体は反転した。
「～♪」
「!?…っ!?」
気がつけば、なぜかその男の腕の中に立っているあたし。
そして人を捕まえておいて、なぜか鼻歌を歌っているこの男。
「えっ、んっ、ちょっ…!?」
あたしは精いっぱいの力で男の手の中から逃れようともがいてみせる。
でも、さすがは男の力。
あたしの力なんて蟻《あり》んコのようなもの。
びくともしない。

困っているくせに、そういう小さな男っぽさに胸がときめているあたし。
「ちょっ…!!　何やってんだよ！　離せよ!!」
呆気《あっけ》にとられていた楓くんも、ハッと気がついてあたしの腕を引っ張った。
しかし意中にいたはずの楓くんは既に霞《かす》んで見えていた。
腕を握られても、全くもって心臓は高鳴らない。
しかしこの男が…。
「え？　やだ」
回した腕を緩めずにあたしの頬をつつんと押した。
たったそれだけのことで、あたしは息が止まりそう。
いや、心臓が止まりそう。
頭の上で聞こえる甘い声。
困っているあたしに気がついて、きっと助けてくれてるんだ。
脳内は勝手に妄想する。
あたしは自分に都合のいいように考える。
だって今までずっと、そうやって恋してきたんだもん。
マンガから飛び出してきたようなこの素敵な男性は、きっとあたしのために――…。
「あー、こちら俺俺。応答せよ！」
「―――！」
そんな甘い妄想と同時に響いた意味不明なその掛け声。
頬をつままれたような気持ちがして、あたしはキョトンと彼を見上げた。
「！！」
男は、後ろからあたしを抱き締めるように捕まえたまま、携帯片手に誰《だれ》かと話していた。
（うそー…）
そんな予想外な行動に、あたしは開いた口が塞がらない。
「ッ離してから話せよ!!」
一瞬呆気に取られていた楓くんもそう叫び、
「あ、それウマイ！」
と男は余裕で笑って、再び携帯の先にいる誰かと楽しそうに話を続ける。
しかし。
一番おかしいのはこのあたし。
こんなアホみたいなシチュエーションにあたしの胸はいろんな音を奏ではじめていた。
（なんでよ、あたしー!!!）
見ず知らずの男の胸の中（しかも誰かと電話中）、そして告白初日にラブホの前、こんなトキメキレベル０の状況に、ドキドキとひたすらに速く脈打つあたしの心臓。
パニックになって両手に顔を埋《うず》めた。
「テメーまじ…
　ゲッ!!」
楓くんが怒りの拳《こぶし》を振り上げた瞬間、なぜか喉《のど》の奥からの低い声を落とした。

あたしたちを越えた、どこかを見つめていた。
「「？」」
あたしと携帯男もその顔を見て、その視線を辿《たど》るようにして振り返る。
「「ゲッ!!」」
入店予定のラブホのドアから、亡霊が一つ。
いや、生き霊が１人…。
いや、ラブホ従業員のおばちゃんがスモークのかかったドアから、顔半分であたしたちの動きを凝視していた。
推測だけど長さ10センチくらいの髪を、くるっくるの巻き髪（カーラーの細さは直径１センチくらい）にしている典型的なおばさんが、目に黒い光を宿らせてこっちを見ていた。
片手に携帯…ではなく、固定電話の子機を握り締め、口元で微《かす》かに笑って、誰かと大声で話している。
「はい〜そうみたいなんですよ〜、うちのホテルの前で高校生が３人、何か揉《も》めてまして…最初はそういうプレイかと思っていたんですけどね！　もしかしたら事件かもしれないと思いまして…。おまわりさん、ちょっと来てくれます？」
おばちゃんの言葉に、あたしたち３人はギョッと顔を見合わせた。
「「逃げろ〜〜〜〜!!!」」
あたしを捕まえる男性と、楓くんが同時に叫んだ。

(えぇぇ〜〜〜〜!?!?)
そこでまさかの意気投合。
あたしはその男に引っ張られる形になって、ラブホの前から逃げる羽目になった。
「なんだこの展開っ！！」
こんなハチャメチャな状況に携帯男は大きく笑う。
こんな状況のくせに、その笑顔が優しくてあたしはキュンとする。
「ちょ！　月ノ瀬！」
赤く頬を染めるあたしに楓くんがツッコミを入れる。
だけどそんなこと、全くもって眼中になかった。
この時から、あたしの恋愛人生が大きく揺らぎはじめていた。
…いや、これが所詮《しょせん》、持って生まれた恋愛人生なのかもしれない。

「…とまっ、止まって…ッ…」
ゼェゼェと息を吐きながら、あたしの手を引くその男性に訴える。
ドキドキは最前線を攻めている。
見ず知らずのこの男性に、胸が大きく高鳴っている。
しかしそんな素敵な男性は、あたしの意見なんかお構いなしでどこかへ進む。
目の前を、あたしの手を引きながら、でも携帯で誰かと話すその姿。
襟足の髪が軽く外を向いている。
細くて大きな背中。
ライトに照らされるとますます茶色く見えるその髪。
あちこちに遊ばせていてカッコいい。
繋がれた手からあたしの体が熱くなる。
これは走ったせいなんかじゃない。
小さく胸が躍る。
あたしは無意識のうちに、その手をクィッと握り締めた。
その力が伝わったのか、男は振り返る。
「？」とした顔であたしの方を振り向き、あたしと目が合うとニコッと微笑んだ。
微笑むと少し垂れる目尻がすごく優しい。
キラキラと輝きの光を集めていく。
あたしはその笑顔が白い光で覆われていくのを感じた。
普段なら絶対関《かか》わりのない部類の男。
…でも、もし仲良くなれるなら仲良くなってみたいと思わせるような風貌《ふうぼう》で、少しは憧《あこが》れてしまう人。
あたしはドキンドキンと不穏な音が胸の中で流れはじめていた。

「名前は…なにちゃん？」
公園につき、やっと閉じた携帯から視線を上げながら彼が言った。

楓くんは途中ではぐれてしまった。
公園の入り口、車とかの通行を阻止する、銀色のこんなの→∩に座って、脚を組む。
下ろした足にその足を乗せる姿が妙にカッコよくて、あたしの目の前ではピンクのハートがいっぱい飛びはじめていた。
(…ハートが一つ…？　ハートが…ふ、二つ…？)
彼の周りを飛びはじめるハート。
目が合うと、彼はまたフッと微笑む。
今度はキラキラと、彼の周りを星が飛びはじめた。
(あぁ！　ヤバイッ!!　今度はお星さまが…!!!)
あたしはますます惚《ほ》の字になり、“恋は盲目の罠《わな》”にドップリはまっていく。
返事をせずに、はわはわと唇を動かしていると、彼が笑顔のまま言った。
「…ま、名前言いたくないなら言わなくていいんだけどね」
彼の言葉に、あたしはハッと正気に戻った。
「あ！　あたしっ、月ノ瀬美世っていいます！　谷高《たにこう》２年ですっっ!!　よろしくお願いしますっっ」
「へぇ、ミヨちゃん？　美しい夜？」
それと同時にブーブーと携帯が振動し、彼はまた携帯を開いて、視線を落とし、そう訊ねた。
「いっ、いえ！　美しいに世の中の世と書きまふっ！　がぇっ」

最後の最後に噛《か》んでしまった。
噛んでしまったベロが痛い。
あたしは「いてて…」と、口から舌が落っこちるかのように、手で受け皿を作って舌を出した。
そんな姿を見て、彼は笑う。
「美世ちゃんね。OK！　インパクト強すぎ！　可愛《かわい》いね」
そう言って目尻を落とす。
…嗚呼《ああ》!!!
ノックアウト寸前！
彼はあたしの頬を優しく擦《さす》る。
あたしの頬に手を置き、顔を少し持ち上げて、心配そうに彼は言った。
「どこ噛んじゃった？」

頬に置かれた手に、あたしはドキドキと心臓が高鳴る。
このまま、目を閉じてしまえば…もしかして…あたしっ!?
妙な期待があたしの中に膨らんでいく。
もしかして…は、は、は…初キッスゥ！？
彼が座っていて、あたしが立っていて、それでもあたしの目線が少し高いくらい。
ドキドキと鳴る心臓に、ガクガク揺れる膝小僧《ひざこぞう》。
「どこ？　手、どかして見せて？」
口を押さえているあたしに、彼は優しく首を傾《かし》げて言う。
彼の甘い問いかけに、あたしはクラクラ逆上する数秒前だった。
「え…えと…」
ゆっくりと口を開き、出し切れない舌を出そうとあたしはがんばる。
こんな空気にあたしはすぐ酔ってしまう。
あたしはきっと恋をする。
きっとこの人に恋をする。
そう心の中で、恋するボールがバウンドしていく。
あたしはゆっくりとまぶたを閉じた。
そんなあたしを見て、その男性が少し困った声で言う。
「いや、俺は口を開けてって…」
「動くな――――っっっ」
彼の言葉を遮って、大きなその声がその場に響いた。
あたしは驚いて飛び上がる。
動くなと言われて、一発目から動いてしまった。
あたしはその声の方へと大きく振り返った。
「美世に触ってんなぁー!!」
汗びっしょりの男が現れた。

いつの間にか「ちゃん」が省略されてる、楓くんからの呼び名。
…確かさっきは「月ノ瀬」って言ってたはずだけど。
いつになくナンセンスな登場にあたしはガックリと肩を落とす。

「テメー勝手に人の女口説いてんなよ！」
楓くんはその男の手のひらからペリッとあたしを剥《は》がして、自分の方に抱き寄せる。
「…あぁ。彼がいたんだったね」
彼は少し垂れた強気な瞳をショボンと落とし、あたしを見つめた。
「い、いえっ!!　違いますっ」
あたしは大きく否定する。
（初日からラブホに連れていく男なんて願い下げ！）
あたしの瞳は彼に釘づけ。
楓くんは、「はっ!?」と大きく顔で気持ちを表現した。
「告ってきたのはダ…ぐへっ!!」
楓くんに肘《ひじ》打ちを食らわし、あたしは一心に彼を見つめた。
すると彼があたしへと手を伸ばす。
「ごめんね、あまりにも可愛かったから…つい、ね」
そう言って彼はあたしの髪を触り、手を首筋へと回した。
（可愛い…可愛い…可愛い…）
頭の中で言われ慣れないこの言葉がリピートされる。
可愛いと言われ、首元に手を回されているので、コイツもラブホ（しかも用済）男というのを、あたしはすっかり忘れている。
彼の手使いに、あたしはゾクリと背筋を動かした。
そんなあたしに満足したのか、彼は笑って言う。
「俺、谷高３年の武藤由海《むとうよしみ》。彼に飽きたらいつでも誘いにきてね」
そう言って、勝ち誇ったように楓くんに目を配った。
「テッ…テメー！　なんてこと言ってんだよー!!!!」
楓くんの叫び声が静かな夜に溶け込んだ。
そんな罵倒《ばとう》もなんのその。
コンコンと狐のバイバイをして男は去っていく。
制服の着こなしも素敵。
少し弛《たる》ませたネクタイに、少し出ている白いシャツ。
少し腰で穿《は》く制服のズボンと、ペタンコのお尻がなんとも言えない。
ほぅっと惚《ほう》けてあたしは後ろ姿を見送る。
（ビバ運命…！）
あたしの最大の恋愛が今始まる、そう思った。
「み、美世ちゃん…？」
楓くんが涙目であたしに呼びかける。
あたしはそんな声も聞こえず、うっとりと得体の知れないタル～イ男を見つめていた。
運命がキラリと光った夜だった。

「かける言葉もないね」
昨日の今日で…と高校に入ってからの大親友、采《さい》ちゃんこと西屋采子《にしやさいこ》が言う。
そんな毒舌も耳で流しながら、あたしはドキドキと一つ一つ教室を覗いていく。
あんな出会い方、普通しないでしょ？
運命でしょ？
「あぁ。まず、しょっぱなからラブホに連れていくような男に惚れたりしないね」
采ちゃんは小指を耳に突っ込んでそう言った。
「福島くんがまさかそういう人だとは思わなかったよ」
「でもそのお陰で見つけたんだもん、出会っちゃったんだもん。楓くんには感謝してるよ」
「…感謝もどうかと思うけど。…てか、そいつも所詮はラブホ男でしょ？」
采ちゃんの言葉がどんどんキツくなっていく。
教室を覗こうとドアに両手をつけていたが、その手はそのまま、首だけで采ちゃんの方を振り返った。
「好きになったら関係ないんだよ。さては采ちゃん、ラブホに嫌な思い出があるな？」
「ぶふっ!!!」
真剣に訊ねた疑問を、采ちゃんは吹き出して答える。
「行ったことない奴《やつ》に言われたくないねっ」
「ひ、ひどー!!!」
「ったく。今はそんなことどうでもいいでしょ？　どう考えてもその男、ヤることしか考えてなさそうじゃん！　そっちを心配してよ！」
…まぁ、確かにそうだ。

でもあれは、なんとなくだけど意味ありげなんだよ。
あたしは、あの時のあの瞳を思い出す。
ニコニコと笑った後に見せた、冷たく光る無表情な顔。
きっと何か裏があるんだ！
あたしが１人、自分の世界に入っていったのを確認して采ちゃんが言った。
「…で、その最低野郎はなんていう奴？」
おそるおそる３年の教室を覗きながらあたしは答える。
「えとね、武藤由海先ぱ…って、あ――!!　いたぁ～～」
「むっ!!　ムトー!?」
采ちゃんの反応を見る前にあたしは先輩を発見した。
するとその時、ドアの近くにいた男の人にぶつかってしまう。
「きゃ！　す、すみません…！」
「…由海、客」
ドアの近くにいた男がめんどくさそうにそう呟《つぶや》いた。
真っ黒な、少し長めの髪。
瞳も驚くほど、黒。
力のある瞳があたしを捉《とら》えて、だけど何も言わず、そのまま教室から出ていった。
謝ったのに、そこは綺麗に無視された。
ちょっと悲しくなったけど、すぐさま。
「いいよー！　入ってきて～」
先輩の声が聞こえて、あたしはぴょん！と元気になる。

ドキドキして教室へと振り返る。
窓際の所に群がる集団。
その中心で武藤先輩が机の上に座っているのが見えた。
(えぇ!!　3年の教室に入るの!?)
あたしは咄嗟《とっさ》に采ちゃんを見る。
采ちゃんは「あちゃー」と頭を抱えていた。
恋愛偏差値の低いあたしは、勝手にいい方向へ思考を広げる。
普通気に入ってない子なら教室に入れたりしないよね!?
あたしは初の領域に勝手に胸が躍る。
一応采ちゃんも一緒についてきてくれた。
3年の教室って、香りが違う。
オーラが違う。
大人な雰囲気が漂っている。
足元に転がる雑誌。
鞄《かばん》。
どうしてここにあるのか分からない、操り人形（不細工なアヒル）は操られることなくクタっている。
新鮮で、普段入れないその雰囲気にあたしはワクワクと胸が高鳴った。
「ムトー。ダレ、この子」
その集団の中、誰かがそう言った。
「えー？」
そう言って、携帯かPSPに視線を落としていた先輩がやっとこちらを向く。
「…あー…」
あたしに視線が置かれるとあたしはドキンと胸が鳴いた。
「確か昨日の…」
先輩が呟く。
「確か昨日の抱《だ》き枕《まくら》ちゃん」
「は？」
あたしはコンマの世界で、ツッコミを入れた。
抱き枕？
抱き枕…チャン？
「確かそうだよね！　ごめんね、昨日はホテルの前でバイバイしちゃって」
さらっと大きな声で笑って言う。
「でも、ここのガッコだったっけ？　てか昨日とずいぶん印象が違うような…」
うぅ～んと唇を尖《とが》らせて先輩は言った。
手元で携帯がピコピコ言っている。
ゲームか何かをしていたらしい。
「ムトー！　お前昨日の女も覚えてないのかよ！」
周囲は大爆笑。
な、なんだか昨日と…ノリが違う…。
いや、そのまんまのノリ、なのか？
ここまで来て、あたしの頭はやっと冷静を取り戻す。
「あ…あの…？　そうじゃなくて、昨日ホテルの前で会った者です…？」
おそるおそる、と昨日のことを説明する。
自分自身でも疑問形になってしまうのがなんだか悲しい。
「ムトー、テメー！　間違ってんじゃねぇか！　ホテルの前でバイバイして、速攻新しい子頂いちゃってんじゃねーよ！……。で、どっちが良かったの？　ん？」
短髪に片耳ピアスの男が、ツッコミを入れつつそう言った。
その顔は完全なるスケベである。
「え？　嘘《うそ》。俺、昨日はそんなに相手してねぇよ」
ブンブンと顔の前で手を振り、
「そんな体力も性欲もねーよ！　心外！」
と否定する。
「嘘つくな！　てゆーか昨日“は”かよ」
ピアス男は笑って彼の頭を軽くチョップした。
…理解し難い会話にあたしは開いた口が塞がらない。
夜の雰囲気は、全《すべ》てをトキメキのオブラートに包んでしまうらしい。
なんだ、このノリ。
この雰囲気。
この軽さはなんだ――――!?
…やめた！
やめたやめたやめたっ!!
人生３回目のこの恋心。
こんなのカウントするもんか！

あたしは努めて明るく笑おうとした。
それを見ていた采ちゃんが、隣で「はぁ」と頭を抱え、ため息をついた。

「…まっ、どっちにしても！」
机からピョンっと飛び降りて先輩があたしの前に立つ。
あたしの両手を軽く繋いだ。
「へ？」
繋がれた両手に、あたしは不意を突かれて先輩を見上げる。
繋がった手のひらが、やっぱり昨日と同じく、温かい。
ドキドキしてしまうのは、この外見容姿がマンガの中のヒーローにイメージが近いから。
整った顔立ち。少し遊んでいそうな悪い雰囲気。
ゴクンと生唾《なまつば》を呑《の》み込んだ。
「本気にしないでね？」
ズキュ――――ンッ!!
悩殺“少し小首を傾げて笑顔”に、あたしはノックアウト寸前。
最悪な女癖男と分かっていながらも、きっとみんな、この笑顔に騙《だま》される。
タチが悪い。
コイツ、自分がカッコいいって分かってる。
どう見せればカッコいいって、この男、ちゃんと分かっている！

小さなスキンシップに女の子はドキドキしちゃうもんだって、きっと知っている。
好きになったら絶対苦労するでしょうって、好きになる価値はあるのかって、心の中で自分に問う。
ここまで最悪な女癖男とは…そうとは知らずにあたしは恋に落ちた。
今必死に「恋愛じゃないんだ」という壁にしがみついてはいるけれど、そこから落っこちるのも時間の問題。
だって、この温かい手にドキドキしてる。
最悪男と知りながら、また笑顔を向けてもらいたいってそう思ってる。
もっと知りたいってそう思ってる。
嗚呼！　神様！
あなたはなんて意地悪なのですか？
恋愛下手なあたしに、こんなテクニシャンな彼を落とせと言うなんて…。
「そんなこと言っていないでしょ」
采ちゃんのツッコミには目もくれず、あたしは「あぁ…」と恋に、自分の置かれている状況に、酔いしれて頭を抱える。
またもや、そんな妄想で恋を喰《く》らいはじめたあたしを横目に、采ちゃんが「やってられないよ」とため息をついた。
あたしはクラクラと茹《ゆ》で蛸《だこ》になる。
妄想の中、先輩との素敵なランデブーに鼻血ブー寸前。

…嗚呼！　神様っ。
恋愛って最高です！
「…この子、ちょっとヤバイんじゃね？」
こそこそと短髪片耳ピアス男が先輩に耳打ちした。
「…関係ないでしょ。１回相手した女に興味ないから」
サラッとひどいことを並べる先輩。
そうとは知らずに、あたしは淡い甘い恋をゲットしてやろうと、１人夢を見はじめていた。

そんなあたしの、悲しい恋愛人生の始まりだった。

気持ちをお金に換算できる？

貴方を想う気持ちは
誰にも負けない自信があるよ。

だけど、だけどね…。

それを示す方法が、
あたしの手元には、ないだけ。

大好きだって叫んでも、
きっと貴方は振り向かない。

…そうでしょ？

純情レベル１
落札！恋する貴方とデート権！

ふわふわの長い髪の毛を、胸の下くらいまでなびかせて、あたしは前髪をつまむ。
前髪はアップにして、軽くピンで留める。
これがあたしの日常ヘアースタイル。
鏡の中の自分と向き合った。
「ムトー先輩を本気で落とそうってほんとに思ってるわけ？」
ここは学校のトイレの中。
采ちゃんがリップを塗り塗り、気だるくそう言った。
「あたしって、人を好きになると周りが全然見えないみたいなんだよね。だから出逢《であ》った時間なんて関係ないのよ」
えへへ、と頭の後ろを擦《こす》り、采ちゃんの質問とは若干ズレた答えをあたしは並べる。
采ちゃんが「また始まった」と呆《あき》れたため息を漏らした。
なんたって１年の頃《ころ》は初恋の君に恋していたし、２年の頭（約３ヶ月）は楓くんに恋していたし。
自分の歴史を辿って、ムトー先輩に気づく時間がなかったことをアピールする。
「ねっ、って小首を傾げられても…」
采ちゃんは迷惑そうに顔を歪《ゆが》めた。
あたしは鏡に向かってもう一度、今の「ね」をしてみる。
なんたってこの仕草は……。
「美世推薦！　ムトー先輩のベスト仕草、その１！　小首を傾げて『ね？』って笑うトコ、なわけですよ」

それを聞いて采ちゃんが言う。
「台詞《せりふ》つけてあげようか？　『本気にしないでね？』の『ね！』だよ!!!」
采ちゃんは、本当に現実主義。
あたしの夢恋を壊してくれるので、あたしはムッと采ちゃんを睨《にら》んだ。
「ムトー先輩、彼女いたって聞いたことないよ？　絶対やめた方がいい。ていうか…まぁ、処女の美世を相手するわけないか…」
采ちゃんは１人納得してトイレの扉に近づく。
「……。言っときますけど！　ムトー先輩、それを狙《ねら》ってんだかんね！」
そしてふいに、振り返ってあたしに言った。
あたしの考えてることなんて全部お見通しらしい。
『じゃーあたしが初カノになってやりましょうか！』
と、やる気のポーズを決めていたあたしに、采ちゃんは悪態をつく。
「女遊び激しいって分かってんのに、どうしてムトー先輩には女が絶えないか知ってる？　みんな寄ってたかって『自分が変えてみせる』って近づいてんの！　アイツ絶対それを分かっててやってんだよ！」
采ちゃんの瞳が、ギラッと怒りに満ちていた。
その言葉が妙にリアルで、もしかして経験談なのかとあたしはオロオロする。

（そ、そういうものなの…？）
それと同時に、恋の世界の厳しさを学ぶ。
そんなにモテる人なんだ…。
「目の付けどころが違うっての」
采ちゃんのツッコミは耳半分で、あたしはその言葉を噛み締めて、トイレの扉を開けた。

「わっしょーっい！」
「!?」
するとどこからかそんな声が聞こえた。
廊下が騒然としている。
どこから聞こえてくるのか、再び「わっしょーいっ！」という叫び声が聞こえた。
群がる人が長い壁を作っている。
あたしはその壁に頭を突っ込んで、祭りの光景を見つめた。
「なになに？——ん!?」
その人壁の向こう。
廊下をチャリが大暴走している。
一つの自転車に人が…ひーふーみー…４人も乗っている！
すごいっ、中国雑技団が体育館に行くまで気持ちを抑えることができず、廊下で曲芸を始めたんだ！と、あたしは１人納得して、すぐさま心の中でツッコミを入れた。
（…って、んなわけあるかーぃ！　説明長いわーぃ！）
ズビッと自分にツッコミを入れて、あたしは呆然《ぼうぜん》とその光景を見つめる。
すごい曲芸だが、一体なぜこんな所で…。
廊下に集まった人々も、「何これ」と口々に囁《ささや》き合っていた。
よく見るとそのチャリの後ろ、座っているのはムトー先輩である。
（な、なぜ…!?）
そして自転車を漕《こ》いでいるのは短髪片耳ピアス男。
あと、その他２人の男が上手にチャリに乗っかっている。
何か爆音を響かせて、途中で「わっしょーいっ！」と叫んでゲラゲラ笑う。
一体何をしているのか、あたしは全然分からない。
「…呆れた」
采ちゃんはそう言って、スタスタと教室に帰っていく。
「ちょっ…ちょっとぉ！」
あたしは采ちゃんの背中を追うように、その人ごみを掻《か》き分けた。

『ムトーとデート取得権！　まずは100円から～』
どこから準備したのか、体育教師が常備していそうなスピーカーを持って片耳ピアス男が叫んだ。
そのアナウンスにあたしは、ギギッと体を反転させる。
『気に入られたら、もしかしたら彼女になれちゃうかもよ～』
『…妊娠にはご注意を』

つけ加えられたその台詞に、キャーッと女子が喜ぶ。
その黄色い歓声に、ムトー先輩の人気っぷりを目の当たりにする。
人を押しのけて、気づけばその輪の最前列にあたしは立っていた。
(なっ…!!)
そして見えたムトー先輩。
王室的スマイル&手の振り方でニコニコと笑っている。
チャリの後ろ、ムトースマイルが炸裂《さくれつ》している!
数名、ノックアウトで場外。
取得権没収。
あたしも必死に立ち堪《こら》える。
「1000円!」
「2000円、…5000円…」
徐々に値段が上がっていく。
面白がって男の人も手を挙げた。
中には本気で手を挙げてる男もいる。
(それはダメー!!)
心の中で叫んで、あたしは体に力を込める。
嘘、どうしよう。
あたしも手を挙げるべき!?
『おぉっと〜乗っかったぞ、諭吉《ゆきち》さん〜!!』
(えっ!!!)
実況中継にあたしはハッと目を見開く。

どうやら１万円台に乗っかってしまったらしい。
そしてそれが引き金となったのか、頭の中の妄想スイッチが発動された。
もし、もし…取得できたら？
あたし、ムトー先輩とデートできちゃうの？
また手を繋いでもらえちゃうの？
そう思うといても立ってもいられない。
あ、あたしいくら貯金あったっけ…？と心の中で記憶を辿る。
『出たー!!　１万5000え〜〜んっ』
ピアス男が嬉《うれ》しそうにそう叫ぶ。
…こんな…こんな障害に負けてられるかぁ!!
あたしはハイッと手を挙げた。
と、同時にこんな声が廊下に響いた。
「ダァレだぁ〜！　校内で金儲《かねもう》けしている奴はぁ〜〜〜!!!」
辺りが、騒然となった。

生徒指導のカマキリ（本名は鎌木《かまき》）が竹刀《しない》を持ってやってきた。
みんな何事もなかったかのように挙げていた手を下ろす。
あたしは、思い切って手を挙げたので、周りの音が一切聞こえていなかった。
シン…と静まり返った廊下。
「…へ？」

ゆっくりと目を開けると、ピアス男にその他の男２人に、ムトー先輩までもがあたしの方を向いている。
「え…？」
もしかして…。
あたしはムズムズと頬が笑う。
も、もしかしてっ…あたし…？
ニヤッと口元を上げた瞬間、パァーン！と竹刀が廊下を叩《たた》く音が聞こえた。
「んひゃっ!?」
「チャリに乗ってる男４にーん！　そして、そこで手を挙げてる女ひとーり！　生徒指導室に来ーい！」
…………。
へ？
ようやくそれに気づいたあたしと、目を合わせてくれる人は１人もいなかった。

連行されて、あたしは先輩たちの隣。
いろんな意味で大注目。
一度も入ったことのない生徒指導室に入れられた。
殺風景で落ち着かない。
先生は「ちょっとここで待ってろ」と言うと、そのまま生徒指導室から出ていった。
その瞬間。
ぷはー!!!と男たちが息を吐いた。

「っくっくっくっ!!!」
「ぐはは…ッ」
「ぎゃはははははは!!!」
ゲラゲラと笑いはじめる男たち。
「な…？」
あたしが驚いて見つめていると、ピアス男がお腹《なか》を押さえながらあたしを指差した。
「アンタ、ほんとアホでしょー!?　あのニヤけた顔！　今思い出すだけでもマジ腹いてぇぇっ」
キャッキャッキャッと猿みたいに笑う。
奥歯に光る銀歯が見えている。
「そうそう！　あれ絶対『え、あたしが獲得しちゃったの？』って顔だったよなー!!!」
その他の男Ａがそう言ってまたお腹を抱えている。
アンタなんか、あたしの中では“その他の男Ａ”扱いなんだよ！と心の中で悪態をついた。
あまりの爆笑っぷりに、若干の怒りが滲《にじ》む。
「ぶふふっ…ぶははははっっ」
その他の男Ｂは、もうひたすらに笑い転げている。
あたしはだんだんと頬が染まっていくのが分かった。
恥ずかしくて死んじゃいたい。
こんなの絶対間違ってる。
あんなの絶対間違ってる。
お金で時間を買うなんて、権利を買うなんて絶対間違ってる！
さっきはどうかしていたんだ、とあたしは正気に戻った。
恥ずかしさで胸がいっぱいになり、噛み締めていた奥歯が痛くなってきた。
喉の奥がギュッと上に持ち上がる。
ヒリヒリと熱くなっていく。
恥ずかしさで溜《た》まった涙をグッと抑え込んだ。
こんな所で泣いたら、また馬鹿《ばか》にされる。
あたしは喉に力を込めた。
だけどちょっと涙が込み上げてきて、目尻を拭《ふ》いた。
その時だった。
「俺からも聞いていーい？」
ハイハーイと狐動きを見せて、ムトー先輩が笑う。
あたしは大好きなムトー先輩の方も振り返らずに、無言で俯《うつむ》いていた。
「……。」
その場の空気がシンとする。
あたしはもう絶対騙されない。
さっきはこの空気にニヤリと口元を上げてしまった。
あたしはただ俯いて、聞いているのかいないのか、それすら怪しい態度でその場に立っていた。
「しつもんでーす」
ムトー先輩はもう一度、繰り返す。
それでもあたしは動かずに俯いていた。

「だからっ！」
イライラした声が聞こえ、顔を上げようとするとムトー先輩があたしの目の前に立っていた。

「人の話はきちんと目を見て聞く！」
こんなこと絶対言わないだろうと思っていた先輩が、あたしの手を握ってそう言った。
手の繋ぎ方的には「本気にしないでね？」と同じ。
「…は」
あたしが顔を上げて先輩を見ると、先輩は目をこらして顔をあたしに近づける。
「ちょっ!?」
あたしはクィッと顔を背けて、頬を赤らめた。
「待って」
先輩は大きな手で、あたしの顎《あご》を掴む。
先輩の片手に、あたしの両手は捕まっている。
「ちょっとジッとしてて」
精いっぱいの力であたしは顔を背けるけれど、男の人の力には敵《かな》わない。
強制的に向かされて、先輩の顔に近づいた。
上がった眉《まゆ》と少しだけ垂れた目。
長めの前髪から綺麗な鼻筋を落とす。
黒目がちな目は奥二重。
いつもどうやってセットしてるんだろう。

襟足につく髪は少し外ハネ。
ドアップの先輩は、ますますカッコいい。
キライキライも好きのうち。
イヤよイヤよも好きのうち。
そういうの、ちゃんと聞き分けてるんだろうな。
あたしはジッと赤い顔で、先輩の手に従った。
黒目がちの目が、あたしの顔に近づくとガバッと見開いて輝いた。

「あーっ！　あーっ!?　あぁー！！？？」
先輩が少し離れて、あたしを指差しながら腕をブンブンと振った。
あたしは意味が分からず、先輩の手の動きに合わせて視線と体を揺らす。
「なんか見たことあると思ったら…ほら…あの…っ」
先輩が、えと…ほらっと何か思い出そうとしている。
他のメンバーはそんな先輩を冷ややかな瞳で見つめていた。
長テーブルに頬杖《ほおづえ》を突き、片耳ピアス男は携帯に視線の重点を置きながら、たまにこちらに目を配る。
Ａはどこに隠し持っていたのかマンガを開いて、たまにこちらを見つめる。
Ｂはというと爆笑が終わると睡魔が襲ってきたらしい。
テーブルに頭を置いて爆睡していた。
「？？？」

まだ激しく動いている腕とそんな３人の動きを見つめながら、あたしは頭の上に大きくハテナマークを作った。
先輩は今では右手で顔を押さえ、しゃがんでまであたしをブンブン指差している。
（そんなに思い出せないことなのかしら……？）
そう思うとあたしもだんだん先輩の記憶力が心配になってくる。
「あ…あの…？」
そう言って先輩に近づいた瞬間、先輩が立ち上がったのであたしは思いきり顎を反らせ上げることになった。
グキーッ!!!

「…っ…！…？」
顎を押さえてしばし悶絶《もんぜつ》状態。
そんなあたしにお構いなしで、先輩はあたしの肩を揺する。
「おっもいだした！　ミヤちゃんでしょ?!　美しい夜の美夜ちゃん！」
先輩はあたしの両肩を掴み、嬉しそうに揺すっている。
『美世ちゃんね！　OK！』
あの言葉がたんなる社交辞令だったということをあたしはやっと認識した。
（…あたし、この人のこと…ちょっと分かってきたかもしんない…）
心の中で少しガッカリと肩を落とした。

「…いえ。ミ『ヨ』です。美しいに世の中の世…」
あたしがボソボソとそう答えても、先輩はちっとも悪びれる風もなくニコヤカに笑う。
「うん♪　思い出した！　美世ちゃん！　俺、実はさ〜…ほんと目ぇ悪くてこれくらい近づかないと見えないの♪」
「？！！」
急に顔を近づけて、ドアップ・ウルトラドアップの先輩に鼻血が飛び散る思い。
そしてギュッと顔を離される。
「だから悪気があるわけじゃないんだけど名前と顔、ぜんっぜん覚えられないんだよね」
ニッコリと笑う顔は天使のように可愛い。
長めの髪が太い首をますます男らしく強調させる。
広い肩幅。
薄めに見えてもきっと鍛えられてるであろう胸板。
腹筋…。
ボリュームのないお尻もオシャレな体形ってことで持ってこい。
グイッ！
「！？」
見つめていたあたしを、先輩は体ごと自分に引き寄せた。
あたしの体に足を絡めて、あたしの顔を固定する。
「…てことで唇で覚えさせてよ」
近づいてそっと妖しく笑った。

あたしはがんじがらめにされた体勢で、先輩の意味不明な言葉を頭の中で溶かしていく。
……へ？…は…？

なんだって――!?

あたしがギュッと目を瞑《つぶ》っていると先輩があたしの腕を解放する。
「な一んて、ね！　美世ちゃんってホントからかいがいありすぎっ」
頭の後ろで手を組み、わははー！と豪快に笑った。
「んなっ…！！」
あたしが小鼻を膨らませて憤ると、先輩はぶくくと頬を膨らませて笑う。
（あ、あたし騙された…!?）
「ほーんと、いいキャラだよね！　いい意味で染まってないっていうか！……ケイケンないでしょ？」
その言葉にあたしはボンッと赤くなる。
「大丈夫、大丈夫。俺、そういう趣味ないから。とって喰ったりしねぇって」
真っ赤な顔を片手で隠し、部屋から飛び出そうとするあたしの腕を掴んで、先輩はそう言った。
明るく軽快に笑っている。
「…お前、手ぇ出したんじゃなかったの？」

片耳ピアス男が携帯から視線を上げ、先輩に聞く。
「え？　うそぉ？　俺、そんなこと言った？」
先輩は、バタバタ暴れるあたしの腕を掴んだまま、片耳ピアス男に振り返って聞き返した。
あたしは先輩の後ろでパタパタと手を振って、それは違うとアピールする。
「いや、知らないけど…。昨日、この子が来た時そんなこと言ってなかったっけ？」
興味なさそうに、両手で携帯を持ち、ピアス男が言った。
「昨日…？　来たっけ？　まっ！　でも大丈夫！　俺、美世ちゃんのことそういう目で見ないから」
………。
満面の笑みを浮かべる。
先輩のその言葉にその場がシーンと静まり返った。
あたしは回らない頭でその言葉を読み解く。
っとー…それはつまり…？
そういう目で見ないということは…。
体目当てじゃない？
てことは、つまり？
………本命圏内!?
勝手なプラス思考に花が咲く。
ピアス男とマンガ男が揃《そろ》って顔を上げた。
「ムトー、お前今すごいこと言ってんぞ!?」
ピアス男が目を見開いて、指をさす。

「ムトーが女を『オンナ』と見ないなんて…」
マンガ男は、眉間《みけん》を指でつまみフルフルと頭を振った。
その言葉にあたしは意表を突かれる。
（えっ!!　あたし女として見られてないのっ?!）
あたしはパックリと口を開けて、少し白目を剥《む》いた。
「だーって美世ちゃん、俺の食指を全く刺激しないというか…。なんてーか、このまま世話してあげたい、みたいな？」
そんなあたしのことはお構いなしで、先輩は後ろからあたしの両肩に手を通す。
おんぶしているようなそんな体勢。
「うっ、うわっ!?」
あたしの動揺は、先輩にとっては丸きり圏外。
「ふわっふわの髪が気持ちいーってゆうか」
撫《な》で撫でと髪を撫でつけてくるので、あたしはドキドキの中にいながら、心地がよくなってトロンと目を泳がせた。
逆にいえば、この触り方が“プロ”であると物語っている。
「まぁ…確かになんとなく猫…？　犬？……動物系だけど…」
ピアス男とマンガ男は顔を見合わせた。
場の空気が不安定に揺れている状況で、カマキリが顔を出す。
「こぉら！　何を勝手に動いてる！　席に着け！　席に！騒いでた罰としてびっしり書いてもらうからな！」

古い罰則。
作文用紙を束で持ってきたカマキリがニカッと笑った。

「まず最初に、どうしてあんな騒ぎをしていたのか教えてもらおうか？」
あたしたち５人は、長テーブルに座らされ、叩き起こされたＢは寝ぼけ眼のハテナ顔でカマキリを見つめている。
延々と続くカマキリの説教。
「だから、ということは〜、あーすなわち…」
繰り返される話にあたしは小さくため息をつく。
どれくらい話すつもりだろう…。
お腹も空《す》いてきた。
あたしはお腹を押さえて、時計を捜す。
カマキリはだんだん自分の話に酔いはじめて、席を立ち上がり演説を始めていた。
ピアス男もＡもＢも魂は天遠く。
あたしもそろそろ意識が飛んでしまいそう…。
先輩を見ると、先輩は配られた作文用紙に一生懸命何かを書いていた。
…きっと授業中、寝るより内職派なのかもしれない…とあたしはまた妄想する。
先輩の授業態度、見てみたい…。
そんなことを思っているあたしに、自分に酔いしれているカマキリの背中を確認して、先輩があたしに紙を見せてきた。
「――ぶふぅ!!!」
逆三角を書いて、そこに点が二つと棒が二本。
簡単な落書きのくせに、それが生徒指導の鎌木先生であると分かった。
わざわざ台詞の枠が設けてあって「っということは～」と書かれている。
あたしは必死に笑いを堪えた。
「ぐ…くく…」
そんなあたしを満足そうに見つめて、先輩がまた作文用紙にインクを落とす。
何か書き加えて、またあたしに見せてきた。
『手を挙げた時、いくらって答えようとしたの？』
先輩がその紙を見せて、あたしを見る。
あたしはぱたりと笑うのをやめ、ゴクッと唾を飲み込んだ。
あ、あの時…あたしは…
目の前に置かれている作文用紙をあたしは掴む。
フルフル震える手で、普段より何倍も下手くそな字を用紙に落とした。
あたしはその答えを書く。
「……」
書いた紙をそぉっと持ち上げると、先輩がそれに目を通した。
「こらぁ!!　起きろぉ!!!」

その瞬間、カマキリの雷が落ちて、落雷に遭った３人の哀れな男たち。
「お前ら２人は帰ってよーし！　眠りこけてたお前らは今からもう一度、俺の話を聞くように！」
上機嫌になっていた先生は、あたしたちが自分の言ったことをメモしたんだろうと勘違いし、解放してくれた。
「やりっ」
先輩がルンッと席を立って、あたしの肩を抱く。
「じゃ、お先に～」
ピアス男、ＡことマンガＢに狐バイバイを見せて、あたしを連れて歩いていく。
「失礼しましたー」
スタスタと出ていく先輩に、あたしは一応先生に一礼をして生徒指導室から出た。

そして、なぜか。
「…………！」
先輩があたしの肩に手を回している。
先輩の手のひらの温かさがあたしの肩に伝わってくる。
だからこの距離、慣れないんだってば！
あたしが身を悶《もだ》えて逃げようとしていると、先輩がますます引き寄せる。
「なんだよ、美世ちゃん。俺のことキライ？」
あたしの頬に唇を近づけ、意地悪そうな瞳で言う。

ルンッと上機嫌。
あたしは頬が赤く染まった。
「～♪　今日から美世ちゃんは俺のもの～♪　ふわっふわの髪の毛がなんとも言えないよねー」
鼻歌まじり、わしゃわしゃと髪を撫でつけ、肩に置いた手を首元に回す。
“俺のもの”
でもそれは結局はさっき言っていた“ペット”感覚のことだろう。
少しガッカリしてあたしは俯いた。
俯くと先輩の手があたしの首の横から垂れているのが見える。
先輩の手のひらは、掴もうと思えばあたしの乳を掴める位置にあるじゃぁないですかっ！
あたしはドヒーッと目が飛び出た。
でも先輩は、そんな気ちっともないみたい…。
「出世払いってのはさ、これからいい女になってくれるってことだよね？」
先輩は「ん？」と小首を傾げてそう笑う。
――出世払い。
さっき、あたしが書いた答え。
『…しゅ、出世払いで。…って言うつもりでした（；дﾟ;)』
作文用紙に書いた、入札時の金額の話。
それを見た時のムトー先輩の顔が今でも忘れられない。

少しだけ、嬉しそうに笑ったように見えたから。
「はっ、はいっっ」
小首を傾げて言われたら、それに答えないわけにはいかない。
あたしはできるとも言えないそんな条件に二つ返事で答えてしまった。
「…だったら♪　俺が、美世ちゃんをスペシャルセクシーな女にしてあげるよ」
チュッと頬にキスをして、先輩が言う。
「!?!?!?」
もちろんボンッッと爆発音が響き、あたしは腰砕け。
先輩はそんなあたしを見て笑う。
だけどまぁ、あたしの名前と顔を覚えてくれたみたい。
まずはレベル１、クリア…なのかな？
先輩はドギマギしているあたしなんてお構いなしに、肩を抱いて廊下を歩く。
不安は隠しきれない。
（大丈夫なのかなぁーっ!?）

純情レベル2 ラブ・テクニック★

恋にテクニックは必要？

貴方を虜にしたいから。

大好きよりもさらなる“好き”を
貴方に伝えられたらいいのにね。

恋にテクニックは付きもの？

誰か、教えて！

次の日の放課後。
ある空き教室から、甘い声が漏れてくる。
「せ、先輩…っ、あ、あたしもう…ダメッ…」
「まだまだ〜♪　これからイイ感じになってくんだからっ」
先輩があたしに甘く囁く。
いろいろ想像（妄想）はしていたけれど、先輩の言っていた“スペシャルセクシーな女性講座”が、まさかこんな内容だとは思ってもいなかった。
先輩があたしの足を持つ。
「こ、これ以上したらあたし、足つっちゃいます〜〜っ」
あたしのお腹はピクピク笑う。
「あァ…！　もうダメ………ッ」
———…
——…

「まだまだー！　13ー!!…っ14ー!!…っほら！　次つぎっ!!」
「もうダメです〜〜〜!!」
先輩があたしの足を持ち、あたしに催促する。
なぜか一生懸命、腹筋をさせられているあたし。
「まずはこのお腹から！　セクシーな体は強弱が必要だから！」
先輩はあたしのお腹をプヨッとつつき、はぁっとため息をついて言った。
「きゃぁ!!」

突然触られたお腹にあたしは飛び上がって声を上げた。
「にゃん太《た》、ただでさえ可愛らしい体形なんだから！」
「うぅ…！」
…そう。せっせと腹筋をさせられている、あたし。
ちなみににゃん太とはあたしのこと。
先輩の意味不明な思考回路では、美世（みよ）⇒みや⇒みゃぁ⇒ミャー？⇒てことは猫？⇒じゃぁ、にゃん太!!と回ったらしい。
「にゃん太がんばれ〜♪」
「がんばれ〜！　可愛いぞー！」
応援団がつくくらい人気者のあたし…。
なはずがなく、これはただの野次馬《やじうま》。
からかうためにやってきた、先輩の悪友たち。
短髪ピアス男の名前は久保田佐助《くぼたさすけ》。
みんなに「ケベ」と呼ばれている。
先輩が言うには、佐助⇒さすけべ⇒「あっホントすけべじゃ〜ん？」⇒すけべ⇒けべ!!になったらしい。
…やっぱり先輩の思考回路は全然分からない。
その他の男ＡとＢもそれぞれあだ名があるみたいだけど、ここでの説明は省略。
「「こらっ!!」」
あたしはそんな野次馬がいる窓には視線を当てず、あたしの正面、足を押さえる先輩を見て、再びパタンと寝転がった。

甘い日々を過ごせると思っていたのに、なぜか放課後に運動部みたいな筋トレの嵐《あらし》。
（こんなのってないよ…）
「こらー、サボるなー、にゃん太ー！」
先輩の掛け声に、あたしはため息をつきお腹に力を入れる。
「〜〜〜〜ッッ…せ、先輩〜〜〜」
ぎりぎりと歯を食いしばって、目も瞑ってあたしは起き上がりながら先輩を呼ぶ。
先輩の手に触れられるのかも…って今日は１日中期待してた。
確かに先輩の手があたしに触れてはいるけど、足を押さえるためってそりゃないでしょ！
やっと膝まで体が追いつき、あたしはぜぇぜぇと呼吸を打つ。
汗だくになりながら目の前にいる先輩を見ると、先輩はあたしの膝に肘を折りたたんで、ニンマリと笑っていた。
「にゃん太の必死な顔、こんな顔なんだ〜。…なんかエローイ」
「――――!!」
ニコニコ笑いながら、先輩はあたしの顔を見つめて言う。
そ、そんなこと言われたら…！
あたしは真っ赤になって、ギュッとまぶたを閉じた。
（もう腹筋できない〜〜〜っっ!!）
バタン！とノックアウトで後ろに倒れ込む。

そんなあたしを見て、先輩は笑う。
「あはは。ホント、にゃん太っていい子」
よしよし、と寝転んでいるあたしの頭に手を伸ばし、優しく髪を撫でてくれる。
その優しい手つき。
甘い香り。
先輩の体温が伝わってくる。
背筋がゾクッとするような、触り方。
（この手つき、ほんと只者《ただもの》じゃないでしょ…！）
トロンと流れる時間。
瞳マジックに洗脳されつつあったあたしは頭の中でうっとりと夢を描く。
先輩の言ったとおり、強弱のついた体形を手に入れられたら、きっとあたしとムトー先輩は２人で甘い時間を……。
「じゃ、俺今からデートだから」
すると突然、先輩はあたしの頭をポンポンと叩いてそう言う。
「…へ？」
あたしはキョトンとして、頭の後ろで手を組んだまま、先輩を見つめた。
デー……ト？
え…？　だってそれ…、あたしが獲得したんじゃないの…？
目を丸くして見ているのを、先輩の後ろにいるメンバーまで見えたらしい。
ポカンとするあたしに、ケベが説明を加える。
「結局、デート権は３年生の色女、さやか嬢が獲得されたのです」
ねっとりと嫌みたらしく言葉を綴《つづ》った。
「えっ!?」
あたしは驚いて、勢いよく廊下の方を見る。
「ま、２万も出すなんて相当珍しいけどな」
「相当、ムトーに思い入れが強いんだな」
「とかいっても、半分くらいはデート代に消えちゃうんだけどね」
「ムトーは基本年上好きだから！　ホントは高校生なんて目じゃないんだけどね」
ケベたちはわははっと笑いを見せた。
年上好きという発言に、あたしは大きく目を見開く。
それを目の前で見ていた先輩が優しく笑った。
「まさか出世払いで権利獲得してたと思ってた？」
先輩の笑顔は優しい。
でもトゲのある物言い。
あたしはなんとも言えずに、ただ黙った。
（そ、そんなぁ〜…）
心の中はもちろん、がっかりとショックの色を隠せない。
でもこの意地悪な笑顔に、この物言いに、素直に「うん」とも言いたくない。

あたしはぎゅっと唇をつぐんで首を振った。
それを見た、先輩が言う。
「…いい子」
先輩はまたあたしの頭を優しく撫でた。
その優しい触れ方。
髪の毛にとって、女の子にとって、理想とも言えるこの触り方。
慣れてるって十分承知。
そんなの分かり切ってることなのに、なんだかあたしは胸が苦しかった。
「ムトー、俺ら帰んねー？」
ケベが欠伸《あくび》をこぼしながらそう言って、他の２人を連れて帰っていく。
ほんと、人を馬鹿にしにきただけ、だったらしい。
「あ、じゃぁこれあげる」
もう行こうと足を進める先輩が棒状のガムをあたしに差し出す。
「今夜からがんばるんだよ？」
にっこりと笑顔。
あたしには、ガム１枚で餌《え》づけのつもりか…。
あたしは、差し出されているガムを見つめ、先輩に訊ねた。
「…先輩は…」
あたしは小さく呟いた。
「ん？」

ケベたちは、もう廊下の先の方。
あたしと先輩は、２人きり。
向き合った体。
まだ明るい太陽。
（こんなこと、聞いていいのかな…）
あたしはジッと先輩を見つめた。
「？」
何も言わずに見つめるあたしに、先輩は微笑みつつ、首を傾げる。
「…ガム、嫌いだった？　飲み込むとガムの木が生えてくるっていうからね」
先輩は、茶化《ちゃか》しつつガムをしまおうとする。
「いっいえ！　いただきますっ!!」
あたしは大きな声で、ハイッと手を挙げた。
ふふっと微笑むその仕草にドキンと胸が鳴る。
（って！　結局ガム１枚でしっかり餌づけされてるし！）
そんな自分を自分自身で実感し、心の中で泣く。
「で？　言いかけたこと、何？」
先輩はガムを噛みながら、んっ？と小首を傾げた。
やっぱりこの仕草には参ってしまう。
あたしはモジモジと身を揺らしながら、消え入るような声で訊ねた。
「…ど、どうしてデート権を売ってるんですか…？」
ぼそりと囁いて、あたしは下を向く。

先輩の小首を傾げる仕草は、あたしのNOをYESに変える力がある。
GOに変えてしまうすごさがある。
きっと、他のみんなもこのマジックにかかってるんだろう。
俯きながら、そんな思いをめぐらせど、先輩からの返答がない。
「…？」
あたしは、なぜか右目だけでこっそりと先輩を見上げた。
「だって売れるんだもん」
「――！」
先輩は優しく、でも力なく満面の笑みでそう答える。
軽い内容に、あたしは小さく項垂《うなだ》れた。
「…そ…そう。ですね…」
確かにそうだけど…。
でも、そういうのってなんか違う気がしない…？
すっきりしない表情を浮かべるあたしに、今度は少し重い口調で先輩は言葉を続けた。
「…俺、ぶっちゃけ独りの時間って嫌いなの。俺は誰かと一緒にいたい。相手は俺といたい。求めてるものがピッタリ合う。それも立派な理由でしょ？」
少し伏せたまぶたの下、瞳の色が分からない。
悲しいの？
寂しいの？
伏せたままじゃ…分からないよ。

開けていた窓から風が入ってくる。
夏の夕方、熱いアスファルトに水を撒《ま》いたような匂《にお》い。
何もない空き教室。
使われなくなった備品が、教室の隅を陣取るように置かれている。
そんな中に佇む先輩。
長くはないけど上がったまつげが繊細さを、少し焼けはじめた肌が男らしさを、融合させて大人な魅力をかもし出していた。
「……」
あたしは何も答えず、ただ先輩を見つめた。
だったら、なんで１人の人と付き合わないの？
１人の人と一緒にいないの？
お金をかけて遊ぶから、なんか虚《むな》しく心に穴が開くんでしょ？
だからそんな悲しいような寂しいような瞳を見せるんでしょ？
でも、何も言えずに先輩を見上げていた。
「…なぁ～んて♪　今までは来るもの拒まずで遊んでたんだけどね…。スケジュール管理がまずめんどい」
「は？」
先輩が、何か納得するように腕を組んでウンウンと頷《うなず》いている。
「プラス本命成りきりで女の子タチの泥沼劇に巻き込まれ

るのがめんどくさくなってさ。いっそのこと売っちゃうことで『遊びです！』って明々してるわけ。それでも売れるし、買うってことは相手も遊びってことでしょ？　それが楽でいいわけさ」
そう言いきると憎たらしいくらい素敵な笑顔で微笑んだ。
「じゃ、純情なにゃん太よ、さらば！」
あたしの肩をポンッと叩き、先輩はあたしに背中を向けた。
いきなりトーンの変わった先輩の声。
顔。
物の言い方。
ほんとはどっち!?
あたしは一瞬呆気に取られたが、ハッと気を取り直して先輩を追おうとした。
「待って、先ぱ…」
「だから。にゃん太はいい男見つけるんだぞ」
だけどあたしと発言がかぶさって、それに気づいていない先輩はドアの所にある柱を持って、クルッと半回転。
数メートルの距離で向き合って、先輩は開いた窓から、あたしにズームインで指差して笑った。
「じゃ、ばいにゃら～」
コンコンと後ろ手で狐バイバイ。
あたしはそのスピード劇にただ佇むしかなかった。

「だから！　誰にでもそういう脆《もろ》さを見せるのが手なんだってば！　それに、腹筋って何!?…分かってる！　腹筋の意味は分かってる！　そんなのさ、ただのいい暇つぶしに決まってるじゃない！　もー、美世ってばー…！　ホント上手《うま》く利用されすぎ～」
腹筋をリプレイして見せようとしたあたしに、采ちゃんが怒った顔をした。
今は項垂れて、机に肘をついている。
あたしは唇を尖らせて、采ちゃんに囁く。
「…でもさ、それをあたしに伝えてくるってことは、あたしにどうにかしてほしいって言ってると思わない？」
それでもあたしは怯《ひる》まずに采ちゃんに言った。
「思わない！」
即答もいいとこ。
ファーストフードのカウンター席。
くるくる回る椅子《いす》を、くるっと半回転させて采ちゃんはあたしの方を向く。
時刻は夜の８時。
２人の家の中間にある、ファーストフード店。
家を建てた場所がたまたま采ちゃんの家の近くだった。
家が近くだって分かったのもあって、入学当初から仲良くなり、タイプの違うあたしたちが一緒にいるようになった。
「それでどうにかしようって躍起になれば、先輩の思うツボ！　そんな女はゴマンといるんだから絶対そういうことしちゃダメだからね！………。」
あたしが広げていたノートを取り上げて采ちゃんはしかめっ面を見せた。
「…なによ、この題名…」
「あぁ！　あたしのノートッッ!!　返してっ!!」
ひょいひょいと宙を浮かせる采ちゃんの手に、あたしはふわふわと身を躍らせる。
ノートの表紙にはデカデカとポスカで書かれた「丸秘っ！ラブテクニックノート」という文字。
「…全然“秘”になってないじゃん」
采ちゃんの毒舌は見事なもの。
でもほんとは優しいのをあたしは知っている。
「…美世のことだからとんでもなくベタな内容なんでしょ？」
勝手に中身を見ることはせず、ノートを閉じたままあたしに言う。
「こんな頭の中の妄想よりもね、ちゃんと男の人に聞いた方がいいよ！　しかも“ラブテク”なら尚更《なおさら》ね♪　恋の相談は男の人にするのが一番」
采ちゃんがポンッとノートをテーブルに置き、ニッと口角を上げて言った。
「美世が好きそうな話、教えてあげる」
少しだけ得意げな顔した采ちゃんが、こそこそと耳打ち。
ファーストフード店の２階、カウンター席。

采ちゃんがあたしに言った。

『ガッガガーッッ…も…の時間がやってきました〜。みなさんも暑い季節に熱い恋をお望みなんじゃありませんか？そんな恋焦がれる季節。悩みの種は尽きないもの。今夜も僕こと、MARU《マル》と一緒に解決していきましょ〜！』
深夜11時35分。
采ちゃんに聞いたラジオの局番。
恋のお悩み相談室をしているらしい。
最近買ったコンポ。
ラジオの機能がついていない！
押入れにしまい込んでた、使い込んだCDプレイヤーを引っ張り出してあたしは耳を研ぎ澄ませて聴いた。
『まずのお便りは〜PN《ペンネーム》☆恋する恋愛ジャーニー☆さん…』
スピーカーから聞こえる、少し低い声。
イメージは、オシャレで落ち着いた20歳くらいの男の人。
あたしはまた妄想を繰り広げる。
声だけで、なぜか働く想像。
あたしは丸秘ノートを抱いたまま、そっと瞳を閉じた。
そして思い出す、今日の先輩の言葉。

あたしは手を挙げてしまったから、先輩に遊びの範囲って思われたのかな…。

それを采ちゃんに言ったら、『まっさか！　美世で遊ぼうとか、美世に遊ばれてるとか、どう考えてもありえないって！』と爆笑された。
その言葉になぜか若干ピキッときたけど、先輩に遊びって思われてないのなら、友の言葉を信じよう。
ベッドに寝転がりながら、あたしは右を向いたり左を向いたり、せわしなく寝返りを打った。

『では今夜はこのへんで…』
気がつけば15分はすぐに過ぎ、もう終わりを告げていた。
（あぁ…っ！）
全然聞いていなかったあたしは、ベッドから大きく顔を起こす。
『恋するラジオクリエーター“MARU”がお送りしたのは、「いつでもどこでも恋していたい、『君とラブテクニック』」こと「ラブテク！」でしたっ♪　See you next again. Byebye！』
ガガッ
ラジオからＣＭが流れはじめる。
（ラ、ラブテクッ!?）
すぐ運命を感じる、あたしの鼓動。
今しがた、胸に抱いていたのは丸秘ノート。
明日から毎日聴いてやる！とあたしは胸に誓い、カーテンからこぼれる、まだ眠らない街の明かりにガッツポーズを決めた。

リンゴロ～♪
拳を掲げていると部屋に響く、携帯の着信音。
昼間聞く音量と同じ大きさでも、夜になるとビクついてしまうくらい大きく感じるのはなぜなんだろう。
あたしはビクッと肩を持ち上げ、机の上で充電されている携帯に手をかけた。
――公衆電話――
非通知拒否にはしていたが、公衆電話は念のため着信許可している。
あたしは震える携帯を手に持ち、受けるか切るかジッと頭の中で最良の判断を下していた。
その間、リンゴロ～リンゴロ～と色気のない着信音が手のひらの中から溢《あふ》れていた。
「うっさいなぁ～！　早く取れよ!!」
いきなり部屋のドアが開き、真後ろから弟の声が響く。
ビクー!!
あたしは、さっきよりもますます驚いて体を揺らした。
ピッ
「あぁ!!」
驚いたせいで取ってしまった、公衆電話の着信。
「ったく、人が受験勉強してるってのによ」
悪態つく、ムカつく弟はハッとため息と睨みを利かせて、隣の部屋に帰っていった。
それをほどよく睨み、あたしは携帯を耳に当てる。
『もしもし？』
電話口の声があたしの耳に入ってきた。
「…も、もしもし？」
『…あ、やっと出た。美世ちゃん？　俺だけど』
かる〜い声の出し方。
ギャハハと聞こえるバックコーラス。
そういう輩《やから》は、今のあたしの心の中、アイツらしかいない。
「…せ、先輩!?」
『そ、先輩』
電話口のその人は、ハハッと笑っている。
「ど、どうしてあたしの番号…!?」
あたしはオロオロと机の前を行ったり来たりして、落ち着かずに身を揺らした。
『今日落としてたんだよねー。生徒手帳。ずっと連絡できなくて、今の時間になっちゃったんだけど…』
先輩は何か、間を置きながらそう言葉を続ける。
確かにあたし、生徒手帳に携帯番号とかいろいろとメモしていた。
確か、住所とかも…。
『美世ちゃん、ホンジョウ３丁目に住んでんだ？　俺、今近くのコンビニいるから出てこない？』
「えっ!?」

生徒手帳に、マメに書いていた住所が幸せをもたらしたらしい。
あたしの顔に、パァッと花が咲いた。

電話の切り際、先輩の優しい声を思い出す。
『1人でおいでね♥』
ハートはあたしの脚色だけど、それくらい優しい声がした。
あたしはさっそく采ちゃんにメールする。
采ちゃんは夜行性。
確実に起きている。
[絶対死守するように]
たったの一言。
そのレスに緩む頬を意識して強張《こわば》らせ、[何を？] と返したいところをあたしは呑み込む。
だってお化粧しなきゃ。
着ていく服は、何がいいかな!?
ワクワクと胸が鳴る。
そうこうしていると采ちゃんからのメール。
[あんまり気合入れすぎないように。ラフスタイルの若干スッピン気味が可愛いと思われる]
そのメールを見て、あたしは鏡を覗く。
バッチリパンダメイクになっていた！
あたしは慌てて、化粧を落とし、ユニT（ラフだけど可愛い）に着替えて、先輩の待つコンビニへとチャリを急がせた。
――ラブなハプニングは女を輝かせる――
某雑誌に書かれていた言葉を思い出し、あたしはムフフと口元を上げる。
もし、もしっ！
コンビニでラブなハプニングが待ち受けているとしたらなんだと思う？
あたしは空を見上げて、堪えきれずに笑ってしまう。
『一緒に星空の綺麗な場所にでも移ろうか』
『はい、先輩……』
な　ん　つっ　て！
うふふふふ、あはははは…と夜空を見上げて１人微笑んだ。
街の明かりで見えない、星たち。
でも懸命に輝きを放っている。
あたしだって、どんなに難しい相手と分かっていても、きっと懸命に想《おも》い続けていれば、いつか必ず想いは、この輝きは届くんだって信じるんだ。
だって、星の輝きはちゃんとあたしに届いてる。
綺麗だなって思わせている。
だからあたしもがんばるんだ。

キキーッ！
ブレーキを握り締め、辿り着いた待ち合わせ場所。
駐車場の車輪止めに群がって座る男たち。

深夜のコンビニって柄が悪いというか、怖いというか…。
チャリを目立たない場所に置いて、あたしはコンビニの中に入ろうと、陣取る男たちの前をそそくさと歩いた。
「あ、美世ちゃん？」
生徒手帳を開いて中を見ている、コンビニからの逆光で顔が見えない男。
「えっ!?　あ、はいっ!?」
突然かけられた声にあたしはびっくりして前のめりに返事をする。
先輩の声が、違って感じるのは……気のせい？
「写真より可愛いじゃん」
周りにいる男がそう言った。
あっ!!　だった!!!
生徒手帳には顔写真が貼《は》ってあるんだった！
あたしはガバッと口元を押さえて蒼《あお》くなった。
…できることなら絶対に見られたくなかった…！
ガックリと肩を落とし、あたしは手を差し出して先輩に近づく。
「返してくださ…」
「ほんとに１人で来たんだー？　いい子いい子。今から何するー？」
ガシッと肩に手を回され、あたしは先輩の手の中に捕まった。
働く妄想が破裂しそう。

あたしは俊敏な発赤を見せて、先輩を見上げる。
先輩を見上げる…。
先輩を…。
……。
…アナタ、誰デスカ？

見知らぬ、顔の細い男。
周りの男もケベたちじゃない。
コイツら、誰っ!?
あたしは左右を小刻みに見回した。
「あそこのファーストフードで拾ったんだよね～。谷高楽しい？」
短髪に、金色に近い髪。
耳の軟骨にピアス。
制服じゃない、少しダルそうな私服。
周りもみんなそんな感じ。
采ちゃんと行ったファーストフード店で落としたんだ！
あたしは１人、蒼くなった。
「あ、あ、あたし、帰りますっ」
グッと立ち止まって、あたしはスカートを握り締める。
「はー？　なんでー？　せっかく拾ってあげたのにさー」
ぶつくさと口を尖らせ、生徒手帳をポンポンと手のひらで弾ませる。
あたしはごくっと喉を鳴らしながらも、意見を述べた。

「だっ！　だって！　先輩ですかって聞いた時に、そうだって…嘘ついたじゃないですか！」
あたしは震えつつもそう言い、一歩二歩と後ろに下がる。
「!!」
すると、後ろから握られた肩。
集団に囲まれたあたし。
「だって俺らもう20歳なんだよ？　美世ちゃんからしたら“先輩”じゃん？　嘘ついてねーもん」
卑しく微笑みを浮かべる奴ら。
「だから一緒に遊びましょー」
肩を掴まれて、絶体絶命…。
あたしはふるふると頭を振りながら、さっきまで夢見ていた淡い妄想が頭の中で崩れていくのが分かった。

あぁ。
あたしって本当にツイてない。
確かにそうなんだもん。
確かにコイツら、嘘ついてない。
あたしが勝手に、自分の都合のいいように妄想してただけ。
あたしはガックリと肩を落とす。
危機管理能力の低いあたしは、これからどうなるという妄想を働かせず、ただガックリと肩を落とした。
「ちょっ!?」
すると、馴《な》れ馴れしく触ってくる男たち。

「やめてくださいっ!!」
強気に言うが、男たちは心地よいワルツでも聞いているかのように至って無視。
あたしの肩に手を回し、胸元に落ちている髪の毛をくるくるともてあそぶ。
「もっ!!　こらっ!!!」
もがくあたしに、その男は卑しい笑みを浮かべ、グッと口を塞いだ。
「黙ってついてこないと危ないことしちゃうかもよ？」
「ッ!!」

コンビニから少し離れた路地。
だんだん人けが少なくなっていく。
そしてようやく気づいた、自分の位置。
（こ、これは危険なんじゃ…？）
「あ、あの…あたし、やっぱり…」
「んー？　何？　聞こえない」
「——…。」
何を言ったところで、もうどうにもならない。
でも、でも…！　このままじゃ…！
グッと拳を握った、その瞬間だった。
「ぐはっ!?」
あたしの肩を抱いていた男が何か咽《むせ》たらしい。
げほげほと咳《せき》をしている。

あたしは一瞬のことでよく理解ができなかった。
咳をしていたはずの男たちがスローモーションに倒れていく。
バタバタと倒れ、あたしはポカンとしながら振り返ると、グイッと腕を引かれた。

「!?」
「アンタ、アホでしょ」
街灯の灯《あか》りがチカチカと電気切れを起こしている。
また逆光。
遠くを通る車のライトが規則正しくその姿を後ろから映す。
あたしはその男の顔が見えない。
「え……？　あの…？」
ぱちくりとしてその男を見つめた。
黒いフードをかぶって、顔を隠している感じ…？
男はあたしから視線を移すと、愛想なく言葉を続けた。
「…明るい方から帰りな」
背の高い、スラッとした体形。
低い声。
あたしはこの人の声を知っている。
それだけ言うと、その男はこちらを振り返ることなく、また違った路地へと曲がっていった。
その男が闇《やみ》の中に消えると、その男が歩いてきた方向からザワザワと夜中に似つかわしくない声が聞こえてきた。

「こっち！　こっち行ったよね!?」
「ああ！　どっち曲がった!?」
次は女たちの群れ。
バタバタと多分あの男の姿を捜している。
転がっていた男たちの上を気にせずドカドカと進んでいった。
「ぐえっ」
フード男が下した鉄拳《てっけん》と女たちの上からの圧力に、奴らはノックアウト寸前。
あたしは今のうちにと、チャリを置いているさっきのコンビニを目指した。
「MARUってばマジカッコいいよね〜!!!」
「!?」
消えていく女たちの声。
その声にあたしはギュッと振り返る。
（え…？　ま…MARUって…もしかして…？）
しばらく考えて、あたしは肩に入った力をフッと緩める。
（まっさか。そんなわけないか…）
こんな所にいるはずがない。
だってMARUっていったら、さっきのアレだよ？
ラジオのほら。
そんなそんな…。
あたしは小さく首を振り、規則正しい車のライトをまぶたで感じた。

（まっさかね～）
コンビニの隅の方で小さくなっていたチャリにまたがり、あたしは家路についた。

「…というわけなの。采ちゃんどう思う？」
「単なる聞き間違い…ではないと思うよ」
次の日の教室内。
采ちゃんがいつもと180度違った返答をした。
「えっ!?」
あたしは驚いて奇声を上げる。
采ちゃんは煩わしそうな顔をした。
「だってMARUの地元、ホンジョウらへんだって噂《うわさ》だもん」
えーえーえー!!
嘘、ほんとにMARU!?
あの、MARU!?
「…………。」
言葉は発していないはずなのに、采ちゃんがじとっとした瞳であたしを見た。
「だっ大丈夫！　惚れたりしてないからっ!!」
采ちゃんの仕草に気づいて、あたしは慌てて顔の前で手を振ってみせた。
「大丈夫。好きになっても届かないから」
采ちゃんは抑揚をつけることもなく、サラッとそう言った。

「ひどっ！」
采ちゃんはたまに言葉の凶器を振るう。
あたしは少しだけテンションが落ちて、采ちゃんの机の前に座っていた。
「美世はそういう…なんか訳ありの男に惚れるのね？　わざと幸せになれない道を選んでいるような」
采ちゃんはそんなあたしを気にも留めず、ポッキーを食べている。
「だから惚れてないってば！」
「ふぅぅぅん」
ポキンと折れる音が響く。
采ちゃんの言葉はあたしの心を揺り動かす。
なんでそんなに分かっちゃうんだろうってくらい、的確で正確。
べ、別にMARUに惚れたわけじゃないけどね！
なんていうか、カッコいい登場の仕方に、妄想するなら持ってこいのシチュエーションだったっていうか…。
ラブテクって名前に運命感じてた後だったから尚更っていうか…。
あたしは口の中でごにょごにょと言い訳をした。
「まっ。今回はまるっきり何もないってわけじゃなさそうだね。後ろ見てみ？　お祭り男のお出ましだよ」
頬を押さえるあたしに、そう指差して采ちゃんは促す。
あたしは頬を押さえたまま、ゆっくりと後ろを振り向いた。

「ムトー先輩どうしたんですか〜??」
わらわらとスカートの短いおなごたちが先輩の傍《そば》に擦り寄っていく。
先輩は淡い笑顔を浮かべておなごたちと向き合っていた。
「そんなの君たちの顔を見にきたに決まってるじゃん？…名前なんていうの？」
どの口が言う！
名前なんて覚える気、さらさらないくせに！
そのミニスカ女子の前、頭にポンッと手を置いて、ニッと笑顔を差し出す。
頬を染めるミニスカ女子。
見ているこっちまで、真っ赤になってしまう。
「赤くなる？　何言ってんの」
采ちゃんは虫唾《むしず》が走ると顔を歪めた声で言う。
一瞬でラジオ男のことは脳裏から消え去り、廊下の所にいる先輩に無我夢中。
瞳の形はハート。
瞳の色はピンク。
“恋してます！オーラ”全開で先輩を見つめる。
「…どうしてアイツがいいのかな…」
はぁっと深いため息を落として采ちゃんは言った。

ミニスカ女子たちが本気になりはじめると、先輩は「にゃん太ー」とあたしを呼んだ。

顔の前で手を組み合わせ、蜜《みつ》に惹《ひ》かれる蝶《ちょう》のようにヒラヒラ、ふわふわと先輩の近くに引き寄せられていたあたし。
その一言だけで、射抜かれて骨砕けになってしまう。
「おいでおいで」
ひらひらと優しい手のひらがあたしを呼ぶ。
にゃん太って誰よ、と周りを見回していたクラスメイト（でもあんまり絡みがない）が唖然《あぜん》と口を開けた。
とっても甘々系で、カッコよくて、まじで素敵な先輩に呼ばれた女は、毎日が妄想で忙しいと噂の、あたし。
信じられないという顔をしているのが見てとれた。
「今日はにゃん太にお願いがあって参りました〜」
しかしそういう女子同士の戦いを気にも留めないのが先輩。
ペコッと頭を下げて、集団の中にいるあたしの腕を引く。
どちらかといわなくても、純情乙女で処女臭のするあたしと、チャラチャラ・ニコニコ・流した前髪・甘い口元・台詞も甘々・百戦“恋”磨、そんな多分経験も豊富、な先輩。
確かに開いた口も塞がらないってやつだろう。
クラスの女子は、先輩に呼ばれたあたしをポカンとした顔で見ている。
一種のセンセーションってやつで、意外と気持ちがいい感じ。
みんなのしてやられた顔と、ちょっと羨望《せんぼう》の眼差《まなざ》しを浴びちゃって、顔がニヤケずにはいられなかった。
「にゃん太、捕獲成功〜！」

連れ出されて、突然ケベたちに囲まれるあたし。
「え…？　え？」
微笑みつつもハテナマークで先輩を見つめると、先輩があたしの手を握って言う。
「にゃん太って部活とかしてないよね？」
んっと小首を傾げるあのポーズ。
「…は、はい…」
翻弄《ほんろう》される、先輩の笑顔にあたしはまた我を忘れそう。
「だよね。昨日一緒に腹筋したもんね？　昨日の夜もちゃんとした？」
き、昨日の夜…！
昨日の夜の怖い体験と、摩訶不思議《まかふしぎ》な体験を思い出した。
黙っていると、先輩は言葉を続ける。
あたしが腹筋したかしていないかなんて、単なる言葉のあやってだけで、本当に気になったわけではないようだ。
「んでさ、明後日《あさって》から夏休みだけど暇してたりする？」
あたしの手のひらを、指で擦る。
その触り方、気持ちいい。
優しくて、この手のひらで髪を撫でられたら気持ちがよくなって眠ってしまいそう。
クラリとイってしまいそうなのをどうにか押しとどめ、あたしは返事をした。
「ひ、暇です。予定も全然入ってないし…」
トロンと甘い空気に包まれて、あたしはゆっくりと答える。

「じゃ、決まりだ」
先輩が笑った。
「え…？　何が…」
「夏休み、俺らと一緒にバイトしましょ～！」
甘い妄想世界から、一瞬で現実世界に引き戻されて予想外の事実。
あたしは眉をひそめて、先輩を見上げる。
「ば、バイトォ!?」
「そっ♪　ちょっと人を募っててさ。俺ら４人と、あともう２人必要なの。にゃん太の友達で誰か暇してる子いないかなぁ？」
お願いっと片目を瞑り、顔の前でお願いポーズ。
あたしは50センチくらいの距離で先輩を見上げた。
「あ、あの…あたしバイト経験ないんですけど…」
おそるおそる手を挙げて先輩に言う。
「体力もないし、ドジだし…すぐ頭の中で…」
「大丈夫大丈夫！　にゃん太でもできちゃう簡単なことだから安心してね！　じゃ、誰かもう１人探すのよろしくね！　俺らも探してみるから～」
『妄想するし』と言いかけようとしたら、先輩が分かっています、と口を挟んだ。
「じゃ、またね～ん」
用件だけ伝えると、またまたコンコンと狐バイバイを見せて、先輩は廊下を歩いていく。

道行く、先輩肯定派にはモテモテ。
アンチ派にはしかめっ面をされている。
あたしはポカンと先輩の後ろ姿を見つめ、握られた手のひらを触った。
温かい体温がまだあたしの手のひらに残っている。
この温かさ、温《ぬく》もりが先輩の本当の姿であってほしい。
あんな風にチャラけて見せているだけで、本当は人の温もりに飢えてるんだってそう信じたい…。
「何センチメンタルな顔してるのよ。今度は何に影響されちゃってるのかな？」
窓からヌッと顔を出し、采ちゃんはあたしの耳元に吐息をかける。
「うひゃっ!!!」
あたしが大声で飛び上がると采ちゃんは平然な顔で言った。
「悪いけどあたし、夏休みパスね」
「えぇ～」
分かっていたけど、面と向かって、しかもこちらが言う前に断られるとガッカリ具合も溝が深い。
「兄貴と旅行する約束してんだ。ごめんね」
采ちゃんはふふん♪と鼻歌を歌って、席に戻っていった。
言わずもがな。采ちゃんは自他ともに認めるブラコンだ。

確かに明日は終業式。
明後日の土曜日からは夏休みが始まる。

ジーンっと鳴く蝉《せみ》の歌声に耳を傾けて、高くそびえる夏の象徴、オレンジ色の太陽をしかめっ面であたしは見上げた。
…暑い。
暑いこの季節、あたしの熱い思いは果たして受け止めてもらえるのでしょうか…？
（前途多難ってやつ…？）

「美世！ってば！」
「ぬぁっ!?」
あたしはその大きな声にハッと身を揺らす。
「アンタ、ある意味器用でしょ？　立ったまま寝てたよ？　しかもかなりの熟睡」
采ちゃんの声にあたしはじゅるっと口元に垂れた唾液《だえき》を吸い上げる。
校長先生の長い子守唄《こもりうた》にあたしは意識が飛んでいたらしい。
「…あたしバイトするの？」
後ろからあたしに体をくっつけて囁いた采ちゃんに、今度はあたしがコソッと訊ねる。
「は？　何をいきなり？」
采ちゃんの顔を見なくても分かる。
眉間に寄ったしわの数は数え切れない。
「…やっぱり。あたしの夢だったんだ…。気がつけば、もう終業式だし。さっきまであたしは…」
眩《まぶ》しいくらいの太陽も、今は館内にいるので見えるわけない。
今の今、さっきの今、太陽を見上げていたはずなのに…。
やっぱりあたしの夢だったんだ…。
「？」
しゅんと肩を落とすあたしに、采ちゃんは首を傾げて言う。
「今度は何があったの？」
采ちゃんがそう言ってからしばらくして、終業式が終わった。

体育館からみんなが一斉に出ていく。
人の量と比べるととても小さな出口がパンク状態になって、すごいことになっていた。
ぽけーっとしていたあたしは、後ろから押し寄せてきたその集団の波に呑み込まれた。
「さっ、采ちゃんっ!!」
あたしはどこかの映画のワンシーンかのように、手を伸ばして采ちゃんの助けを請う。
けれど采ちゃんは隣のクラスの友達と話していて全然気づいてくれていない。
（あぁ！　そんなタイミングって!!）
１人、必死にもがいていると、あたしの伸ばしていた腕を掴んだ人がいた。
「!?」
「またなんかおかしいことやってるし」

爽やかな笑顔を見せる楓くん。
ちょっと、いや、かなり。
彼の存在を忘れていた。
あたしの腕を引っ張って、埋もれる人ごみから引っ張り出してくれた。
前なら絶対、頬を染めて喜んでいた。
なのに今は。
全くといっていいほど、キュンとはしなかった。
そんな楓くんがあたしに耳打ちをする。
「明日から夏休みだし、この前の件はお互い水に流すってことでいい？」
体育館の壁際でコソコソと楓くんが言う。
「う、うん…？」
あたしは自分が仕出かした告白のことを思い出すのに数秒かかった。
（でした!!）
「俺、彼女できたんだ。んでその子のこと大切にしたいからさ、初日からラブホ連れていかれたとか変な噂流すのだけはやめてね？」
顔の前でお願いっと手のひらを合わせている。
「あ、…うん。大丈夫、言わない…」
「まじ!?　ほんとサンキュ！　俺も美世ちゃんに告られたって人に言わないから！…でも、あのタラシヤローだけはやめてた方が身のためだよ!?　じゃ、ハッピー夏休みっ」

ベラベラと１人喋《しゃべ》って、楓くんはまた野球部軍団のもとに帰っていった。
「…」
あたしはその姿を見つめ、また１人瞑想《めいそう》にふけりはじめた。
っとー………、**…なんだって？**
彼女ができたって？
いや、問題発言はそこじゃない…。
大切にしたい？
だから「初日からラブホ」は言わないで？
てこたぁー…。
ようするに…。
あたし、やっぱりアソビだったのか…。
そういや、某雑誌で見たことあったな…。
本命には、簡単に手を出したりしないって。
まぁ、人によりけりだろうけどさ。
だから少しだけ、まだ期待している。
自分のいい方向にしか考えないようにしている。
先輩はあたしに手を出さないって言ったから、それはもしかして一番“本命”に近いのかもしれない。
あたしは１人ニマニマして、采ちゃんが出てくるのを待った。
外は、体育館の中よりは風が通って幾分か涼しい。
「にゃははは…！　マッキー、それ、ウケるから！」
「……？」

どこからか声が聞こえてきて、あたしはふいに校舎へと視線を向けた。
顔を上げた先に、数名の人影が見える。
移動したには早すぎる。
人影は３階にあった。
太陽に近いその場所はあまりに眩しすぎて、あたしは目を細めた。
「にゃん太〜！」
「！」
すると、あたしを呼ぶ、声。
３階のベランダ。
にゃん太と呼ぶ声はきっと先輩。
「きっと」とつけてしまうのは先日間違ってしまったから。
好きな人の声を聞き間違うなんて…あたしの馬鹿ッ！
ポカッと拳で額を弾《はじ》く。
「何、１人コントー!?」
わははと笑う先輩に、あたしはまた大きく見上げる。
「明日からバイト行くよー!!」
その言葉にハッとする。
夢だと思っていたバイト。
だけどそれは夢じゃなかったってこと。
今度は自分の頬をつねり、痛みを感じて喜んだ。
「にゃん太、お前何キャラ？」
先輩がツッコミを入れつつ、気を取り直して叫ぶ。

「隣のお友達も一緒に手伝ってくれるってー？」
３階からの大きな声に、体育館から流れ出ている人たちが視線を移した。
先輩教の女子の視線が痛い。
でも、あたしを見るだけでなぜか安心して見向きもしなくなるのは、…なぜ？
「まさか」
采ちゃんがフンッと笑った。
「えぇー！」
驚いた先輩が加えて「そりゃないよー！」と叫び、隣にいるケべらしき人の頭をペチーンと叩いている。
いつの間にか采ちゃんが隣にいたことと、その小さな返事を聞き取った先輩に、あたしはダブルで驚いた。
「じゃ、仕方ないかー…」
叩かれたことに怒ったケべが先輩の首にロックをかけているらしい。
弱々しい声で何か言い、ロックを解除された。
「んじゃぁこっちで１人どうにかするからぁ！　**にゃん太は明日来てくれるかなー!?!?**」
大声で、体育館の屋根に向かって叫んでいる。
そんな姿を、采ちゃんは冷めた瞳で見上げてあたしをつつく。
「ほら、お決まりの返事しなきゃ」
「え…？」

あたしは一瞬戸惑い、大声で叫んだ。
「お、オッケーでーすっ！」
「——っ!!」
多分、聞いていた人全員が拍子抜けしただろう。
コソコソと囁き合っているのが聞こえた。
「フツー、あの聞かれ方なら“いいともー！”って答えるのが常識じゃない？」
「ノリ、悪いなー」
そんな声が聞こえてきて、あたしはハッとする。
（し、しまった…！）
「…それが美世だよ」
采ちゃんは慰めるようにあたしの肩に手を置いた。
３階にいる先輩たちはなぜか苦笑していた。
「って！」
脱線したが、ハッと気づくある事実。
「ど、どこに行くんですかっ!?　何、するんですか!?」
あたしは咄嗟に上を向く。
それが一番の不安だ。
あたし、バイトなんてできる自信がないんですが!!
しかも一体、なんのバイト…。
先輩が何か言おうとした時、体育館から先生が出てきた。
「誰だー！　騒いでるのはー!!　まーた、お前か！　武藤〜〜〜！　お前ら終業式はどうしたー!!」
「…!!」

あたしはヤマビコを呼ぶように口元に両手をあてたまま、固まった。
また、鎌木だ。
捕まりたくはない。
先輩は「きゃー」と言いながら、教室に入ってしまった。
（さぼってたのか…）
あたしは宙を掴むようにうつろに見上げた。
そこで話は終了。
あたし、結局何をするの？　どこに行けばいいの？
呆然と佇むあたしに、采ちゃんはもう一度声をかける。
「…あとで３年の教室に行こうか？」
采ちゃんの言葉を呑み込み、あたしは小さく頷いた。
…ットン！
その瞬間、空から降ってきた一つの物体。
あたしたちより数メートル向こうに着地した。
采ちゃんはチラッと見ただけで、教室に戻ろうと背を向けている。
あたしは気になり、その物体まで近づいた。
棒状のガム、一塊。
ミントブルーの水色のガム。
そこに書かれている何文字かの数字。
「？」
持ち上げて見つめると「にゃん太へ」と殴り書きされている。

ソッコーで書いたらしい、カマキリのイラスト。
これ、きっとあたしだけが理解することができる。
そう思うと、なんだか嬉しかった。
『今夜Telするべし♥』と先輩からのメッセージ。
しかも、携帯の番号と一緒に！
「さ、采ちゃん!?」
采ちゃんにそれを見せると、ちょっと意表を突かれたように眉を上げた。
先輩の携帯番号をあたしは手に入れてしまった！

「うふふ…うふふふ…」
帰りのチャリにまたがりながら、あたしはずっと笑っていた。
「危ないから、携帯かガムか、どっちかをポッケにしまっておくれ！　頼むから！」
隣で采ちゃんがそう急《せ》かす。
学校から、学校近くの駅までは徒歩。
地元の駅に着いたら自転車。
ふらふらと揺れるあたしのタイヤの跡に、采ちゃんはイライラしはじめていた。
「うへへへ…」
「あ、前！」
「え…」
「わ…っ!!」

「きゃあっ!?」
キキー!!!
直角に交差する曲がり角。
塀から出てきた人とあたしは事故を起こして、しまった。
時速4キロメートルくらいのスピード事故。
咄嗟にかけたブレーキの反動であたしの携帯が宙を舞う。
ガムも一緒に天に舞い、ぶつかった人（でも転んでさえいない）が上手いことキャッチした。
隣にいた采ちゃんは「はぁーっ」と息が止まるかと思ったようなため息をついている。
あたしはチャリから降りて、その人に正面から向き合って頭を下げた。
「ごめんなさいっ！　前を見ていなくてっ」
ガバッと頭を下げると、その相手も頭を下げてきた。
「いやいや。こちらこそ、ごめんね」
足元に転がっていた、あたしの携帯を拾ってくれたらしい。
手の中で軽くジャンプさせて、「はいっ」とあたしに差し出す。
綺麗な手、薬指に輝く指輪を見てあたしはゆっくりと顔を上げた。

にこやかに笑う姿は、大人の男性。
右手の薬指に光る指輪はきっと後ろを歩く女の人とお揃い。
「大丈夫!?」

後ろからちょこんと顔を出す姿がなんとも可愛い。
きっと咄嗟に、その彼女を後ろに守ったんだと思う。
「ああ。…君は大丈夫だった？」
その彼女の問いかけに答え、次はあたしへ訊ねる。
「は、はい。ありがとうございます。本当にごめんなさい…！」
あたしが一礼するとそのカップルは「じゃ」と通りすぎていった。
あたしは２人がいなくなるのを待って、ゆっくりと振り返る。
あぁ…。あんな付き合いがしたいのよ！
あたしも、無意識の域で守られたりしたいのよ！
またうっとりとそのカップルを眺めるあたしを、采ちゃんは無視してチャリをこぎはじめる。
「先行くよ」
その声にも反応せず、あたしはほわほわとめくるめく想像を広げた。
甘い時間が広がっていった。

カーカーカー
烏《からす》が虚しく鳴いた。
あたしは陽《ひ》が落ちはじめてハッと気がつく。
真っ赤な太陽がゆらゆらと歪んだ顔を見せて、家々の先に沈みはじめていた。

赤があたしの顔に溶ける。
たまに起こる、何かのスイッチを何かに押されて「がんばろう！」と思える瞬間。
何もかもやったるぞっ！ってやる気になる瞬間。
あんな素敵なカップルになりたい、と思うと俄然《がぜん》やる気になった。
采ちゃんは本当に先に帰ってしまったらしく、あたしは数十分、あの路地で佇んでいたらしい。
しかしあたしの中では、そんな小さいことは問題になっていなかった。
夕陽を背にチャリをがむしゃらにこいだ。
絶対絶対がんばって、先輩の彼女になる！
本命になる！
そう誓って、あたしは家へと飛んで帰った。
まずはお風呂《ふろ》に入って汗だくになった体を清め、ご飯を食べてお腹を満たし、全部準備が終わったところで携帯を握る。
まずはなんて言おう？

ベッドの上、あたしは目を閉じて想像した。
『もしもし。こんばんは。２年の美世ですが』
ここまで頭の中で唱えて、予想する。
きっと、あたしがそう言うと……。
『美世？…ごめん誰だっけ？』

あたしは目を閉じたまま、眉間に力が入った。
(この展開、きっとありえる…)
じゃぁもっと……。
『もしもし。こんばんは。にゃん太こと美世で〜す!』
軽すぎ?
『あたしだけど〜分かるぅ〜?』
なんて聞いてみたら何人女の名前出てくるかな…。
もし…もし! 恋人になれたらいつか試してみよう…。
もし、だけど。
……あぁあああああ! どうしよう!
最初の出だし!
自分の部屋でドキドキと高鳴る胸を抑えつけて、あたしはシャーペンを走らせる。
試し書き。
メールと違う。
声で会話するって、顔も見れないし、絵文字もないし、こっちが冗談言ってても伝わんなかったりしてしまうって聞いたことあるもんな…。
声の世界。
いつか先輩と声だけでも顔の色が、心の色が分かる関係になれればいいな…。

さぁ。携帯携帯…。
あたしの体温のせいで若干柔らかくなっているガムを握り

締め、携帯を開く。
「………？」
真っ暗。
あ、充電が切れたのねー？と充電器に差し込んでみる。
「？」
充電中の赤いランプが灯《とも》らないことに、あたしは大きく首を傾げた。
電波がないからって携帯を振ったって意味がないのと一緒。
携帯を上下、左右、もしかして斜め？と振り方を変えてみても全く意味がない。
「っ!!」
携帯が多分きっと、今日のあの衝撃で壊れたらしい。
あの路地でカップルとぶつかった、あの時。
ガポーンと顎を歪ませて気絶寸前、白目を剥いてみる。
それでも携帯は諦《あきら》めることなく、電源を落としたまま。
(そんなぁ…)
本当にツイていない。
なんだってこういう時に携帯が壊れちゃうのよっ!!!
やるせない焦燥感にかられ、あたしはボスッとベッドに顔を沈めた。
せっかく…。
せっかく先輩が「Telしてね」って…。
こうやってガムに書いてくれたのに…。
湿気《しけ》ったガムを、枕に埋めていた顔の近くまで持ってきて、番号を確かめる。
あっ、そっか！
家電からでいいんじゃんっ!!!
あたしはパァッと頬が上がり、とことこと階段を走り下りた。
ドスドスドスドス…ッ！
「うっせぇ！　このクソ姉貴!!!」
弟の罵声が飛んだ。

リビングから取ってきた子機を持ち、とりあえず、弟を一発殴って自分の部屋の鍵《かぎ》を閉める。
まだダイヤルすらしていないのに、この緊張は…なんだ？
電話ってどうしてこんなにも緊張するんだろう！
コール音が響くたびにドキドキする。
携帯は相手に直通。
家電にかけるならまだしも、出るのは先輩だけなんだよって心に言い聞かせて落ち着かせる。
…あぁ！
でもダメ。
ドキドキがドキドキを呼び、あたしの頭の中でドキドキのダンスを踊って飛び跳ねる。
…………。
「っキャ―――!!!」
あたしは感極まって叫んでしまった。

「うっせぇって言ってんだろ、馬鹿姉貴ッッ!!」
もちろん隣から弟の罵声が飛んできて…。
「2人とも、静かにしなさ〜ぃ!!」
親からの叱責《しっせき》。
…相当の近所迷惑である。

「すぅぅぅ…はぁぁぁ…」
ドキドキを幾分か発散させたことで、あたしは少しだけ落ち着きを取り戻し、先輩の番号を子機に打ちつけた。
ぜろ、はち、ぜろ…。
トゥルル…
数回のコール音が鳴り、トゥ…カチャと、リズムよく聞こえていた音が崩される。
(!!!)
緊張のあまり目の前が真っ白になってしまうあたし。
緊張する緊張すると、自己暗示をかけてしまっているようで、血の気が引いて、呼吸が上手くできない。
『……し?』
電話の向こう側から声が聞こえる。
『もっしもーし！　亀《かめ》サン？　誰サン？　家電はまずいっしょー?』
いつものノリな先輩の声。
「っ…ハァ…ハァ…」
やっとで呼吸を整える。

落ち着け、落ち着け、あたし！
『…。…やめてよ。俺、そっちの趣味ないから』
プツッ
えっ!!!
切られて、しまった！
あたしはもう一度、ダイヤルする。
トゥルル…
ガチャ！
今度はワンコールで出てくれた。
『だからそっちのケないから…ッ』
「あたしです！　にゃん太ですっ！　携帯が壊れてしまって家電しかなくてっ。だから緊張しちゃって息ができなくなって眩暈《めまい》だってしちゃうしっっ…苦しいです！　胸が、息が…っ!!」
『落ち着いて！　落ち着け!?　にゃん太！』
かぶしてかぶされて、電話口で早口で話す。
先輩の落ち着いて、という声にあたしはぜーはーと呼吸を整えた。
『まずは落ち着いて。にゃん太』
優しく甘い声。
まぶたを落とすと、あの柔らかな微笑みが脳内に浮かんでくる。
それを想像すると、少しだけ穏やかな気持ちになれた。
『携帯壊れちゃったの？』

クスクスと小さく笑う声が聞こえてくる。
「はい…」
あたしはぐすんと鼻を鳴らして先輩に答えた。
「今日前を見てないでチャリに乗ってて…人とぶつかってしまって…」
小さく呟く。
『え、大丈夫だったの？』
優しい声があたしに届く。
心配している声にあたしはキュンと頬が染まる。
「だ、大丈夫です！　ただボーッてしてて」
『にゃん太らしいね』
先輩がまたクスクスと笑った。
『何か考え事でもしてたとか？』
「番号もらえたことがホントに嬉しくて…」
ここまで言って、受話器越しにハッと口を押さえる。
あ、あたしの馬鹿ッ!!
『あはは。何、告白？』
先輩は気に留めることもなく笑った。
その発言を聞いて、采ちゃんの言葉が蘇《よみがえ》る。
『そんな女はゴマンといるんだから』
あたしは左手で頭を抱えた。
やっぱり、そうなのかもしれない。
『ほんと、にゃん太って可愛いわぁ〜。俺、クセになるかも』
いつもの調子。

誰にでも言ってるであろう、台詞。
誰にでも使ってるであろう、甘い声。
甘いトーン。
分かってる。
これは誰にでも言ってることだろうって、ちゃんと言い聞かせてる。
なのに、あたしの頬はぱぁっと染まる。
あたしは先輩のラブテクニックに捕まってしまう。
『にゃん太、彼氏とかいたことないの？』
先輩の声にあたしはトロけてしまう。
「…ないです…」
正直に答えてしまう。
こういう時、どう答えるのが相手を飽きさせないの？
捕まえたいって思わせられるの？
そういうテクニックレベルマイナス強なあたしは、オロオロと受話器越しに揺れた。
先輩は楽しそうに、あたしに質問を重ねた。
『どんな奴が好みなの？　あ、初日からラブホ連れてく奴が好みとか？』
「え…」
先輩の声のトーンが少し低くなった。
『あの日、なんとなくだけど無理やり連れてこられたのかなって思ったんだよね』
「………。」

まさか先輩が、そんなことに気づいてくれていたなんて。
『それでなんとなく、にゃん太が嫌がってるのかなって思って声かけちゃったのよ、俺』
あはは、と受話器越しに先輩は軽く笑う。
あたしは想いが、言葉にならなかった。
采ちゃんは「やめた方がいい」って言ったけど、もうあたし、無理っぽい。
やっぱり先輩が大好き…！
何も答えずにいると、先輩が言葉を続けた。
『よし、にゃん太！　明日10時。学校集合な！』
「えっ!?」
『１週間くらい親に帰れないって言っててね』
先輩は簡単に言う。
「え！　１週間!?」
突然言われたその発言に、あたしの中の感情が一気に吹きとんだ。
『あ、これ言ってなかったね。無理かな？』
先輩が悲しそうに言う。
「え、あ、いやっ！」
でも…。突然１週間も外泊するって言ったら…弟は喜ぶだろうけど、親がなんて言うか…。
グルグルと思考を巡らせていると、先輩は陽気に続けた。
『じゃぁ明日から１週間よろしくお願いしま～す。今日は早く寝ろよ～』

溌剌《はつらつ》とした声に電話が切れ、プープープーっと無機質な音を響かせた。
(……どぉ、しよぉ……！)
と、とりあえず、ここは采ちゃんに相談…!!

『あんな男と１週間も泊まりだなんて、あたしは反対』
「……」
『ていうか、そういう大切なこと、言い忘れてた？　確信犯でしょ、絶対』
采ちゃんの毒舌ぶりが今日も絶好調。
『悪いけど、美世のためを思ってアリバイ作りはしてあげられないわ』
そう言うと采ちゃんはオヤスミと電話を切った。
だよね。
そうだよね。
あたしのことをちゃんと思ってくれているから、采ちゃんの言葉は胸に響く。
そうだよね？
断るべきだよね…？
泊まり込みでバイトってやっぱり無理だもんね…。
あたしは自分に言い聞かせながら、受話器を見つめた。
先輩にちゃんと電話して…。
断るんだ…。

チーチチチ…
窓からサンサンと朝日が差し込んでくる。
カーテンの隙間《すきま》から一筋の太陽があたしの頬を擦る。
「…ん……っ」
眩しい木洩《こも》れ日にあたしは起こされた。
「…暑…」
寝苦しい夜だった。
かけていたクーラーのタイマーもとっくに切れて、じっとりと体が熱い。
今日から夏休みだっていうのに、弟が受験生のためか、今日も朝から騒がしい。
「…ごめんなさいねー、あの子ったらホントにねー」
１階から声が聞こえてくる。
ワントーン高いお母さんの声。
だけどまたうとうとと睡眠の妖精《ようせい》に手を引かれはじめる。
バァン!!
その瞬間部屋の扉が開き、お母さんが顔を出した。
「美世！　先輩がお迎えにいらしてるわよ!?」
………。
先輩…？
あたしはベッドから起き上がり、寝ぼけ眼でお母さんを見つめる。
だんだんと、脳内が目覚めてきた。

せ、せ、先輩…!!
みるみるうちに顔が強張る。
あたし、電話、してないよ!!
「ほらっ！　玄関で待ってるわよ！」
あたしはその言葉に驚いてドタバタと階段を駆け下りた。

玄関先でなぜか粗茶を出されて、まったりくつろいでいる先輩が、うるさい足音に振り返った。
「おはよう、にゃん太」
にっこりと笑って、明るい髪の毛にますます明るい太陽の光を浴びせている。
カラフルなストリート系のおしゃれサン。
背負っている、やる気のないリュックがなんとも似合っている。
私服の先輩にあたしは目を奪われる。
ぜーはーと荒い呼吸をしているあたしに、優しく目を細めて、にっこりと笑った。
「パジャマ姿がなんとも言えないね」
クスッと笑う顔に、あたしは自分の服装を顧みて、「あ———!!!」と叫んだ。
「大丈夫大丈夫。俺、バスローブ派だから」
そう言う先輩の言葉に、お母さんは「面白い先輩ね～」と頬を染めている。
やはり、若干声のトーンが高い。

…さすが母娘《おやこ》。
ムトー先輩の笑顔にノックダウンされたってことだろう。
胸元を掴んで先輩に背を向け、あたしは横目でお母さんを見た。
「ほら美世！　早く着替えて準備してらっしゃい！　美世が寝坊したせいで先輩がわざわざ迎えにきてくださってんだから！」
お母さんは、シッシッと邪魔者を払うようにあたしを睨む。
って…。
「行っていいの!?」
あたしはびっくりしてお母さんを見た。
絶対、１週間の外泊は許可されないと思っていたから、準備すらしていなかった。
先輩に断りの電話を入れる前に寝てしまったわけで、今の状況的に最悪。
「もう行ける？　準備してる？」
先輩が見透かしたようにあたしに言った。
タラタラと冷や汗が流れて、あたしは絶句した。
「ほら、下着だけ持って出ていきなさい！」とお母さんは言う。
「あはは。そこ、一番必要なかったりして」と先輩は笑う。
２人でなぜか仲良く談笑していた。
「…………。」
と、とにかくお母さんがGOサインを出しているので、今のうちに出発しちゃおう！
パパッと着替えて小さなトランクを掴んだ。
本当に下着と簡単な着替えと、バス用品を突っ込んだだけだった。

「じゃ、いってらっしゃいね～！　ちゃんとチャリティーコンサートのお手伝いしてきなさいよー！」
庭先まで見送って、お母さんがそう叫んだ。
「えっ、チャリ…!?」
そう振り返ろうとしたあたしの肩と口を押さえて、先輩がバイバイと手を振る。
「…そうでも言わないと出してくれないんじゃない？」
こそっと耳打ちし、あたしに言った。
「…え、でもあたしは昨日の電話で…」
行けないなんて言ってないのに…！
「そういうの嗅《か》ぎ取るの得意だから」
そう言って先輩が笑う。
太陽に溶け込む眩しい笑顔。
流した前髪から見える優しい瞳。
昨日のカレシさんとはまた違う、ゴツゴツした手のひら。
あたしはドキドキしながら、決死の覚悟を決めた。
あたしの口元を押さえている、先輩の手のひらにそっと手のひらを置く。
ああ、この手のひらからあたしの想いが流れ出したらいいのに。
先輩を見上げた。
「？」
あたしが無言で見上げるから、先輩がまた「ん？」と小首を傾げた。
視線が絡み合う。
見つめ合う、若い男女。
あたしの想い、先輩に届いてほしい。
だけど言葉にできず、あたしはゆっくりと視線を落とした。
そこで、先輩が口にする。
「……甘〜い雰囲気なところ、ほんっとに申し訳ないのですが、次のバスを逃したら……大変なことになってしまうのです」
先輩が、言った。
「え…」
驚いて顔を上げると、先輩があたしの手を引いた。
「てことで急げ！　にゃん太っ！　暑い夏が始まるよ！」
笑顔が溶ける。真夏の太陽に。
やっぱりこの人が好き。
あたしの鼓動は大きく揺れた。
先輩に手を引かれ、あたしは息を切らして駆け抜けることになった。

この、初めての、熱い夏を——。

夏は人を惑わせる。

夏は愛を惑わせる。

理性が暑さに溶けて、朦朧と。

本能が溢れ出す。

止まらない。

貴方を好きな、この気持ち。

純情レベル３
真夏のビーチで恋ラララ☆

プシュー…
ドアが閉まる寸前で先輩が手を挟み込み、怪我《けが》でもさせてしまったのではないかとバスの運転手は少し苛立《いらだ》っていた。
『駆け込み乗車は困りますよ！』
「すみませーんっ」
挟み込んだ手を逆の手で撫でながら先輩は一本調子で答えた。
「にゃん太、窓側座る？　景色綺麗だよ」
あたしが答える前に先輩に窓側に押し込まれて、あたしは腰を下ろす。
ちょっと強引な優しさに、きゅんとする。
「今日はとくに天気いいから、綺麗に見えるかも」
先輩はあたしの隣に座り、雲の少ない空を見上げて笑った。
…あぁ、また輝いている。
太陽に溶け込むような眩しい笑顔。
柔らかな笑顔。
目尻を落とす、甘い笑顔でそう言われたら、もちろん「はい」としか頷けない。
そんなラブビームを発射しているあたしを見て、先輩はまた笑う。
「ほんとのんびりしてるよね、にゃん太って。10時になってもにゃん太が来ないからさー。連絡してみたら、家電だったって忘れてててお母さんが出てさ、そしたら家の場所教えてくれて辿り着いたんだよねー」

「えっ！」
先輩はこともなげに、リュックからガムを取り出し、口に入れる。
きっとお母さんが呼びつけた、んだろう。
今日のあの機嫌の良さを見ているとその会話を聞いていなくても手に取るように分かる。
「すみません…」
あたしがため息をつくと、先輩が「んっ」とあたしにガムを差し出したので、あたしはガムを受け取った。
「ま、気さくなお母さんでよかったよ。にゃん太がいないとダメだったから」
先輩はガムの包みを折り曲げながらそう言う。
「……！」
その言葉に、あたしは頬が染まる。
何げなく言った、多分先輩にとってはナンデモナイ言葉。
でもあたしは、自分が必要とされているみたいで嬉しくなる。
…まぁ、バイトってことは百も承知なんだけどね！
だけど上がった心のまま、せまいバスの座席に座りなおした。
先輩はやっぱり気にも留めていないみたいで、他愛《たわい》ないアホ話（ほとんどケベたちのネタ）をしながら、楽しいバイト旅行の幕が開いた。
この旅があたしにとっていろんな初めてを経験する、夏の思い出になるとは、……この時から勝手に妄想していたけどね！

「わぁ〜!!!」
山道を越えて、広がる青い風景、水着からこぼれた小麦色。
水平線がはっきりと分かる、素晴らしく綺麗な空気にあたしはバスの中で大きく感動した。
窓ガラスに鼻がくっつくほど、近づいて押し当てる。
もくもくと大きくなる入道雲。
青色の空と藍色《あいいろ》の海。
波立つ白と空にある白が、綺麗にコーディネートされて、素敵にマリン。
「ね、今日はとくに天気がいいから景色も最高でしょ？」
後ろから先輩の声が聞こえた。
「ほら、あそことか」
先輩が、指差してあたしに教える。
あたしは先輩が指差す方を見ようとしたところで、ふと顔の隣に置かれた先輩の手へと視線が向いた。
「！」
指差す手と逆の手が、あたしの顔の横に伸びている。
頭の上に感じる吐息は、もしかして先輩のものですか…？
後頭部に当たるものは、もしかして先輩の胸板ですか…？
あたしは一気に背筋が緊張して、カチンと固まった。
も、も、もしかして…。

外から見たら、先輩があたしに覆いかぶさってる感じ…？
ガラスに両手をつけて窓にくっつくあたしの上に、先輩の顔があって、あたしの顔の横に手があるってことは…すなわちそういうこと…!?
あたしは一気に恋愛レーダーを出す勢いで緊張した。
先輩はそれに気づいてか気づかずか、また言葉を並べる。
「ほら、あのビキニとか、おいしそう!!」

その言葉に大きく上を見ると、先輩はあたしに視線を落としていた。
「あはは。にゃん太！　女の子は、ないよりはあった方がいいぞ！」
先輩がにっこり笑顔で、ムードもへったくれもないことを言う。
「なっ!!」
びっくりして目を見開くあたし。
だけど先輩は全く気にも留めない。さっきから！
「あ。にゃん太、妖怪レーダー立ってるし～」
あたしの頭頂部の毛を掴んで、先輩が笑っている。
目の前に広がっていたビーチが遠ざかっていく。
あたしはあわあわと髪の毛を撫でつけて、先輩へと体を反転させた。
（って―――!!!）
振り返るとすなわち、先輩が伸ばしている両腕の中にすっぽり収まっちゃうというわけで、それこそ窒息まがい！
あたしは慌てて、体を離す。
…とは、いっても。
ゴチン!!
後ろは窓だった。
後頭部を打ちつけたあたしを見て、先輩は「バッカちーん」と笑っている。
こぼれる笑顔。
ヤバイ。
キュンとする。
このままきっと、キュン死にしてしまう!!
「え、へへ。ホント、…えへへ」
あたしはその戸惑いを隠して笑った。
すると、先輩は笑顔のまま、体を離して言った。
「だから、大丈夫だって。にゃん太には手ぇ出さないから」
嬉しいのか、悲しいのか、その言葉を受け取り、あたしも座りなおす。
「まぁ、にゃん太がナイスバディだったら、バスの中だろうとイケナイことしちゃってたかもねー」
頭の後ろで手を組み、先輩は天井を見上げて言った。
（えぇっ）
眉を垂らして先輩を見たあたしは、先輩と目が合う。
「なんてね。こう言うとにゃん太の残念そうな顔が見れるかなぁって思って」

にゃはは、と笑った先輩にあたしは真っ赤になることで「はい、そうです」と答えた。
「あはは。にゃん太素直すぎ」
そんなこと言われてもなお、なんだか期待してしまっているあたし。
やっぱり先輩が、好き。

バスに揺られること３時間弱。
着いたその先は青い空、青い海、白い砂浜、小麦色の素肌。
夏の風物詩の詰まった場所。
「おぉ～！　夏の風物詩が揃ってますな～!!」
先輩は額の前に敬礼するように手を置き、明るい笑顔をこぼす。
「あ、あたしも今同じこと思っていました！」
そういうフィーリングが嬉しくて、あたしは先輩を見上げる。
背の高い先輩の視線に入るように、ぴょんぴょんと跳び、はいはいと手を挙げた。
「マジ!?　にゃん太は何色が好き？」
何色…？
白か青ってこと？
「…どちらかというと青…かな？」
あたしはしどろもどろ、ハテナを抱えて答える。
「青かー！　青も捨てがたいね！」

目を細めて、先輩は言葉を続ける。
「俺はねー、…選べないけど黒？　んー白に大きな花柄！　これに決まりっ」
「え、ちょ…!?」
そう言うと先輩はあたしの傍を離れ、歩いていった。
「今日ってマジ暑くないっすかー？」
行く先にあるのは白地に大きな花柄のビキニ姿。
あたしは唖然と口を開ける。
…ふ、風物詩ってそっち────!?!?

実った果実のようなナイスバディな白花柄は、びっくりしたように目を丸くした。
「なんだコイツ」
隣にいた彼氏らしき人が顔をしかめた。
とにかくいかついお兄さん。
この女の人と不釣合い。
先輩は、フリーだろうと売却済みだろうと全く気にしない人らしい。
(…この男、女の泥沼劇とか言ってたけど、自分で修羅場つくってんじゃ…)
あたしは片方の口元だけを上げて、固まる。
「メスですかー？　めっちゃ可愛いっすね！」
先輩は男の台詞は聞こえなかったことにして、パラソルの下にいたダックスフントを抱き上げる。

「え…えぇ」
花柄女は呆気に取られながら、返事をした。
「お姉さんに似て可愛いですね」
先輩がにっこりと微笑んで、犬に頬を舐《な》められつつ言う。
その笑顔と台詞に花柄のお姉さんも頬を染めた。
ゆるいパーマに水を滴らせ、細くしなやかなラインがビーチに映えている。
確かに綺麗。
パッと目を引く美しい顔立ちに、あたしはガックリと首が垂れた。
先輩はこういう人が好みなんだ。
ホテルの前で見かけた女の人もこんな感じだった。
海っていったら、あたしは日焼けが気になるし、化粧がでろでろになるのが気になるし、こんな素顔に近い、素肌に近い格好なんてできない。
「はぁ…」
あたしは小さくため息をこぼし、どこに行くとも分からないビーチに歩を進める。
(…あたしも大人っぽくなりたいよ…)
海辺ではしゃぐ姿が、目に余るほどの大混雑。
ビーチで日光浴、水中では海水浴。
いや、もちろんそれが当たり前なんだけど、よくもここまで人がいるもんだ！ってくらい人がいっぱいいる。
前に進むのが困難になって気づく自分の無防備さ。

そういえば今日のあたしってば、「携帯電話」というものを持っていないんだった！
あたしは真夏に似つかわしくなく、体が一気に冷え切った。
「っ」
後ろを大きく振り返ったけれど、先輩の姿なんて見えない。
さっきのビーチパラソルの場所も分からない。
今、ここで迷子になってしまったら、あたしって…今日、どうなるんだろう…？
先輩に、バイトの内容を聞くのも忘れていたし、どこでバイトするのかも聞いてない。
ましてや、ここがバイト先なのかも分からない。
もしかしたら先輩が、ビキニに呼び寄せられて途中下車しただけなのかもしれない。
あたしはあわわと指をくわえた。
「よっ」
（！！）
こんなところで「よ！」なんて肩を叩いてくるのは、きっとあの人たちしかいない。
真後ろからポンッと肩を叩かれ、あたしは救世主ケベたちがあたしを見つけてくれたんだろうと期待の念で後ろを振り返った。
「っ！」
しかし。
「さっきはどーも」

そこにいたのは、さっきのいかついお兄さん。
あたしの肩から手を離さない。
「!?」
あたしは体を守るように身をよじったまま、その顔と向き合う。
「な、な、なんですか？」
強気で聞くとお兄さんはムッと顔をしかめた。
「アンタ、さっきのアホヤローの連れだよな？」
瞳の色が見えないサングラス、八重歯らへんにつめた金歯を見せてニカッと笑う。
「い、いえ？」と言えればいいのに、あたしは何も言えずにただその男の顔を見た。
坊主に近いツンツンの金髪。
焼けた肌が痛々しく見えて、赤黒くなっている。
さっきのお姉さんは少し…いや、大分もったいない感じ。
「アンタの連れが邪魔してくれたお陰で絶対行かないって言いだしたんだわ」
「？？？」
あたしはますます顎を前に出して、言っている意味が分かりませんとアピールしてみる。
そんなの全然通用せず、
「仕方ないからアンタが肩代わりしろよ」
と強引に腕を引っ張られた。
「ちょっ!?」

駆けだしてしまうくらいの強い力にあたしは体が浮いて、抱えていたトランクがずり落ちそうになる。
「や、やめてくださいっ!!」
「やめてもクソもあるか。こっちは仕事がかかってんだよ」
し、仕事…！？
柄の悪いいかついお兄さん
＝さっきのナイスバディな美しいお姉さん
＝仕事
＝お金!?
＝てことは何か撮影会!?
＝さ、撮影といえばアッチ系…？
…という方程式が一気に頭の中で成り立つ。
「あ、あたしを写したってなんにも意味ありませんよ!? まず、売れないし、あたしそんなポーズできないしっ!!」
腕を引っ張られ砂に足を取られつつ、大声で叫ぶと、その男が「あぁ？」と鼻にしわを寄せていた。
「！」
あたしはトランクを胸に抱き、「じゃっ！」と言って逃げようとした。
…が。
「おい、待てよ。逃がすかよ」
「…!!」
絶体絶命。
すぐさま捕まる。

「ちょ…、ちょっ…!?」
後ろから掴まれた腕をどうにか振り払おうと躍起になるが、やはり男の人の力は強い。
(ぎょえ――――――!!!)
声にならない声が出た。
このままだと連行されてしまう。
ヤバイ！　先輩、助けて…っ!!!
だがしかし、現実はそう甘くない。
ニヘラと笑う、いかつい兄貴。
あたしへと覆いかぶさってくる。
(ヤダ～～～～!!!)
あたしは力いっぱい目を瞑り、全身に力を込めた。
ドサッ…！
しかし。
あたしを捉えることなく、横を通って、砂浜に倒れる男。
「……え？……も、もしもーし…？」
急に倒れた男に驚いてあたしはつい、呼びかけてしまった。
「…大丈夫ですか…？」
このまま逃げてもいいものか。
でも、もしこのまま見捨てちゃって、熱中症とかで大変なことになったら…？
あたしは戸惑いつつも、その男の傍に膝をつく。
すると、自分の上に影ができたのを感じる。
あたしはふいに視線を上げた。

「ふぁー!!!　びびったぁ！　大丈夫だった!?　にゃん太！」
男の足元の方で「ふぅー」っと汗をぬぐっている先輩がいた。
太陽にしかめ面をし、あたしに手を差し出した。
「ゎ！？」
「１人で離れたら危ないでしょ！」
膝についた砂をパラパラと落としつつ、立ち上がるあたしのおでこをコラッとつつき、先輩はふくれっ面をしている。
「あ、あの…、これは…？」
現状についていけないあたしがキョトンとしていると、スローモーションで先輩が再現してくれた。
しかもなぜか、サイレントで。
先輩は口パクと手振り身振りであたしに伝言ゲームをしている。
「…まず、助走をします？」
あたしが言葉で当てていくと先輩はコクコクと頷き、次の動作に移った。
「次に、高く跳びます？」
コクコクと頷く。
「そして思い切り体を捻《ひね》り…？　跳び横蹴《げ》りで見事フィニッシュ？」
「おぉぉぉぉ」とKO勝ちした勝者のようにガッツポーズを決めた先輩の再現シミュレーションクイズは、こうして幕を閉じた。

「ていうのはまぁ冗談だけど。首の後ろを強く打つと気を失うって読んだことあったから。ジャンプで」
先輩はあはは、と頭の後ろで手を組み笑っている。
「あ、そうですか…」
カッコいいって一瞬思ったのに、そんなオチかぃとあたしは首を垂れさせた。
「さっきの人も困ってたみたい。何かの撮影会に連れていかれるって。…なんだろうね？」
にやっと先輩は口角を上げる。
その言葉にあたしはハッと顔を上げた。
だった!!
お姉さんへのナンパは!?
先輩の後ろ、右左を確かめる。
どこにもないお姉さんの姿。
「そういうのついつい目についちゃうんだよねー」
「え…」
先輩は小さく呟き、腕時計を見た。
「やべっ！　３時入りの約束だったのに、もう20分過ぎてるわ！　行こう！　にゃん太！」
「えっ、うわっ!!」
先輩に引かれ、暑い夏の砂浜を走りだす。
先輩の言った言葉が、あたしの胸の中に引っかかっていた。

「おっせぇよ！　何やってんだよ、このアホやろう!!!　ただでさえ、１人たりないってのに」
ケベたちに散々どつかれ、先輩はイテッやめろって！と頭を隠した。
「にゃん太おはよっ！　にゃん太のお袋さんすげーパワーだな！　うちの貴公子由海ちゃんをお迎えに呼び寄せるなんて」
そう言いながら、Ａがにやにやと近づいてくる。
「男Ａ！」
「いや、だから俺の名前は木村《きむら》だってば。通称キム兄《にい》」
Ａは自分の顔を指差し、あたしに教えた。
「姫は我が旅館に心を奪われているご様子だ」
Ｂが呟き、みんなしてあたしに視線を当てる。
あたしは、目の前にあるその建物にただひたすら呆然としていた。
漆塗りがはげたような古い木造の建物。
１階建てなのか２階建てなのか分からない、大きいけど仕切りのない屋根までの壁。
あたしの顔が傾いているのが原因なのか、その本体が傾いているのか「旅館　いつせ屋」という文字が斜めに見える。
「素晴らしいセンスだろう」とＢこと、牧野《まきの》（通称マッキーというらしい）が言った。
原因はあたしではなかったようだ。
明らかに古い宿。
なのに、玄関に貼ってある一つの張り紙。

『今年のいつせ屋は違う！
　アイドル並みの美少年たちが
　あなたを接待!!』
あたしはあえて口に出して読んでみた。
「いいアイデアだろ？　企画者俺ね」
俺俺と、自分を指差すキム兄。
「ちなみにナンバー１は俺かな」
ポーズを決めてカッコつける片耳ピアス男、ケベ。
「俺は素敵な出会いでも」
マッキーが小さく手を上げる。
「そして俺はせっせと金稼ぎ」
先輩がニコッと笑っていた。
それぞれの、役目と目的があるらしい。
「あ、あは…は」
あたしは力なく笑い、張り切って持っていた赤いトランクをドスンと地面に落とした。

ギィー…
古びた廊下が、歩くたびに低く長い音を出す。
このまま沈んでしまうんじゃないかと思うくらい、ギシギシと軋《きし》んでいる。
「雅伸《まさのぶ》、素敵なお友達ねぇ」
マッキーのおばあちゃんは、目を細めて微笑み、あたしたちを部屋へと案内してくれる。

牧野雅伸。
イニシャルはMM。
…だから何？
あたしは、心底ガッカリとこの廊下に負けず劣らず沈んでいた。
なぜかマッキーと一緒に先頭を歩いているあたし。
後ろで男たち（先輩･ケベ･キム兄）がこそこそと囁き合っていた。
「この軋み具合、○×△の時バレバレじゃね？」
「おめーの頭ン中、いっつもソレばっかだろ！」
「バッ！　ムトーに言われたくねぇよ、このエロ野郎が!!」
「んのっ…てめぇ言いやがったな!!」
ギリギリと腕で締め上げる先輩に、キム兄がギブギブ!!と先輩の腕にシグナルを送っている。
この中で、先輩が一番背が高いのでキム兄の後ろに立っていても顔が見える。
アホな男どもが、廊下の軋み具合でよからぬ妄想を繰り広げているらしい。
あたしはそれを無視して、バイト先と紹介されたこの建物を見渡した。
老舗《しにせ》というには、あまりにも言葉が上品すぎる。
蜘蛛《くも》の巣がはってないことが唯一の救い。
コの字の２階建て。
玄関から見て一番遠い、２階の左奥の部屋。

あたしたちは、そこに辿り着いた。
「ごめんなさいね…。実は今年、あの張り紙をしたお陰か部屋が満室なの」
白髪を後ろで一つに結っているおばあさんが腰に巻いた白いエプロンで手を拭き、そう言った。
通された12畳の畳部屋。
敷かれた三組の布団。
障子を挟んだところにある窓から見える景色は、裏山しか映さない。
「このお部屋は従業員用で、お父さんが元気でいた頃はここも賑《にぎ》わっていたわ…」
おばあさんは小さくため息をこぼしてそう呟いた。
腰に巻いたエプロンで目尻を拭《ぬぐ》っている。
あたしたちは、シンと静まり返った。
後ろでプロレスごっこになっていた先輩たちも、腕を緩めてその言葉に耳を傾けている。
おばあさんの話があと数秒遅かったら、確実にキム兄がオチていただろう。
「……」
あたしたちは暗い部屋に、暗い雰囲気を落とした。
すると。
「…ばぁさんや～ぃ。薪《まき》は足りてるかの～…」
下からよぼよぼとした声が聞こえてくる。
「！？」

視線を畳の目に落としていたあたしたちは、一気に視線をおばあさんに持ち上げる。
「ばぁさんや～ぃ…」
「はいはい、お父さん今行きますよ～」
涙を拭っていたはずのおばあさんは、くるっと背を向け、そそくさとこの部屋を去っていった。
「………」
あたしは、今の一連の動きを呑み込もうと努力した。
…今の声は…幻聴？
「…つまり、大切なお客様を帰してはならないということだろうな」
「大切な働き手、だもんな」
「紅一点。男性客にモテモテさ」
「大丈夫！　たとえ隣に寝ていてもマチガイは起こさないからっ」
思い思いに言いたいことを並べ、フィニッシュに先輩がペコちゃん顔で親指をグッと上げた。
あたしは敷かれた三組の布団を見る。
「…こ…**ここ（で「初めて」）は、嫌ぁぁぁぁ!!!!**」
イヤ―――…
イヤ――…
イヤア…
ギシギシと、あたしの叫び声でこの古い旅館が振動する。
ガタンッ！

玄関ではますます傾斜を強くした看板が、あたしの行く末を表すかのように肩を落としていた。

あたしは小走りに砂浜を駆けながら、おばあさんの言ったあの台詞を思い出した。
『あの張り紙をしたお陰か…』
客が増えたんだろうって言っていたけど、実際はあんな小さな紙切れ１枚でそんなに客が集まるはずがない。
賑わうこのビーチの人の多さは、近辺にあるホテルじゃこと足りない。
ホテルの予約に溢れた人が海の近くにある、しかも値の張らない旅館があれば、どんなに古くてもそこを頼む。
あたしは頼まれた買い出しの行き先を大きく見上げた。
できたばかりの大きなホテル。
オーシャンビューな素敵なホテル。
こういう所で素敵な夏を過ごせたら、どんなにいいことだろう。
最上階のラウンジで、綺麗なカクテルでも片手に、２人で水平線に沈む夕陽を見つめるの。（※未成年である）
先輩の手には、あたしに隠して買ってあった誕生日プレゼントが隠されていて…（※誕生日は夏じゃない）、
『…君の瞳は、まるで沈む夕陽のようだね』
なんて甘い囁きを…。
（沈む夕陽って悲しくないか？と今にも采ちゃんのカラい

ツッコミが聞こえてきそう）
羽根が生えてこのまま空のお星様になってしまうんじゃないかと思うくらい、妄想に妄想を重ねたあたしは、大きく脱力した。
そんな夢も、あの旅館じゃ絶対起こらない！
どんなことがあっても！
目の前にあった自動ドアが、来るなら早く来てくれよと、せかせかと開く。
仮にも敵の陣地であるこのホテルへ買い出しに行かされるとは思わなかった。
あたしは身を小さくして地下を目指して、エレベーターの「▽」ボタンを押す。
エレベーターを待っていると、フロントの方向から一組の団体が姿を現した。
その団体を見て、あたしは目を見開く。
「つっちー!?」
「え、美世!?」
前から歩いてきた集団は、女子高生軍団だった。
中学の頃、仲の良かった“つっちー”こと、槌田朋夏《つちだともか》が手を振り振り、こちらへ近づいてくる。
肩くらいまでの真っ直《す》ぐな髪。
白い肌が日に焼けて少し赤くなっている。
「何やってんのぉ？」
「それはこっちのセリフ！　美世こそこんな所で何やって

んの？　うちらは修学旅行中っ」
周りの女の子たちにチラリと視線を配り、つっちーが肩を竦《すく》めて言った。
「ちなみに言うと、下手にリゾートとかに行くよりも近場で男ゲットっていう魂胆」
つっちーはあたしに聞こえるくらいの声で小さく囁いて、爽やかに笑う。
そういやこういう爽やかな笑顔がつっちーの魅力だった。
「美世は何し？…買い出し？」
あたしの手のひらにあった紙切れを見つめ、つっちーがあたしを覗く。
「何それ？」
「いや、それがね…」
「にゃん太！　待って！」
「！」
事情を説明しようとしていると、後ろから先輩の声が聞こえた。
あたしが勢いよく振り返ると、つっちーが不思議そうにそれに続く。
「誰？　知り合い？…にゃん太って聞こえたけど、何、そのあだ名」
つっちーは全ての疑問を的確に表現した。
振り返ると、スカイブルーのＴシャツの袖《そで》を肩までまくり上げた先輩が息を切らして立っていた。

「先輩、どうしたんですか！」
「先輩？」
「あは。にゃん太に追加で俺もおつかい」
前髪をパイナップルみたいに豪快に結んでいる先輩を見て、つっちーは怪訝《けげん》そうな声を出す。
それと同時に、つっちーを待っていた女子高の集団が黄色い囁きを交わした。
「結構カッコよくない!?」
「あたしパス。軽そうな男は好みじゃない」
「あたしはギャップありと望みたいっ」
ひそひそと先輩を吟味するその視線に、先輩が気づかないはずがない。
先輩はすかさず、あたしにつっちーの紹介を促した。
「にゃん太、そちらは？」
「あ…っ。中学時代の友達、つっちーです。つっちーは修学旅行中らしくて…。つっちー、こちらは高校の…」
「どもー♪　美世こと、にゃん太の優しい先輩、由海といいまぁす！　みんな可愛いねぇ」
先輩はそんな紹介は途中で投げ出して、キャイキャイ言っているメンバーに笑顔を向けた。
親しみやすいその目尻を下げて、女の子たちに罪な笑顔を向ける。
そんな不特定多数に向けるような軽〜い笑顔に、みんな騙される。

キャイキャイと先輩に群がる集団を横目に、つっちーがあたしに囁いた。
「まさか彼氏とか言わないよね？……それにしても。あんた、えらい男の趣味変わった？」
つっちーが心配そうにあたしを見つめる。
「か、彼氏じゃないよ！　だけど、まぁ…あたしは好き、だけど。あっ、それに！　あんな風に見えても先輩優しいんだよっ」
あたしが慌ててフォローを入れると、
「も～！　由海先輩ってば優しい～っ」
と、初対面のはずの彼女たちがわらわらと笑っていた。
「…す、素晴らしく優しい人でさ…」
あたしはタランと汗を流し、つっちーを見上げると、つっちーは頭が痛いと首を横に振る。
「はぁ。美世は昔から、男選ぶ目利き能力低かったからなぁ…」
つっちーの言葉にあたしは驚いた。
「うそ！　昔はまだマシだったでしょ!?」
その言葉に、つっちーがあたしの鼻を押す。
「自分で言ったぞ？　昔**は**マシだった！って!!」
ぶいぶいと鼻の頭を押され、あたしは「やられたっ」とブヒブヒと目を瞑った。
「…もぉ、美世。なんであんなタイプとツルんでるわけ？」
つっちーの囁きにあたしはゴクンと喉を鳴らす。

ラブホの前で、出会い、惚れちゃったかもしれません。なんて言ったらどんだけ怒られるかな…。

「……」

あたしは視線を落とし、指をクニクニ、躊躇《ためら》っていると、大きく視線が揺れた。

「ひゃ…!?」

「ごめん、ごめん。また夜にでも遊ぼうねぇ～。今俺ら、バイト中だった」

先輩が女の子たちにグーパーバイバイを見せ、あたしを強制的に回れ右させて歩を進める。

あたしは体勢を崩して先輩の胸に顔をぶつけた。

少し汗の匂いがして、ドキンと胸が鳴る。

「…ッ！　ちょっ!?　突然何するんですか！」

あたしは驚いて先輩を大きく見上げた。

「いやー、ちょっとね。先を急がないとヤバイかな、って」

「！」

じ、自分で愛想良くしてたくせに、きっとめんどくさくなったんだ…！

名残惜しそうな女の子たちの視線を浴びても、先輩は未練なんてなさそうだ。

あたしの肩を抱いてエレベーターの中に入り、先輩は迷わず「閉」ボタンを押した。

エレベーターの前にいる女の子たちは、つっちーを含めポカンと口を開けている。

それに劣らず、むしろ勝っている勢いであたしも口を開けていた。

たった1階、階を下るだけなのに、あたしは随分長い時間、２人きりでいるように感じた。
だって隣で先輩がTシャツをまくり上げてお腹を見せているから！
固いと思っていたのは、やっぱりこうだったからか！と納得のいくような腹筋の割れ目を見せて、先輩は「あちー」としかめっ面をしていた。
しかもまだ、肩にはしっかりと手が回っている。
「…ん？」
腹筋に釘づけだったあたしに気づき、先輩がニヤニヤとあたしに近づいた。
正面を向いた腹筋に、あたしはあわあわと手のひらで目を覆った。
先輩のニヤけた顔がちらりと見えた。
それと同時にエレベーターが地下に着いたよ、とゆっくり揺れ、先輩の腕があたしから離れた。
あたしはドキドキしたまま、こっそりと、目の前にいるであろう先輩へと視線を上げる。
が、しかし。
そこに先輩の姿はなく、地下でエレベーターを待っていた人たちが少し迷惑そうな顔であたしを見ていた。

（えっ、先輩は…!?）
そう思って、慌ててエレベーターを降りると、既に地下のお店のお姉さんと仲良く話をしている。
「……」
その移り身の速さに呆然と顔の筋肉を全てクリアにしていると、エレベーターの扉がまたゆっくりと閉まりはじめた。
（…あたし、やっぱりこの人のこと……ムリかもしんない…）
ついに弱気になり、今しがた降りたばかりのエレベーターに舞い戻った。
ゆっくりとドアが閉まっていく。
あたしはしょげた瞳で、先輩を見つめていた。
「あはは。お姉さん、めっちゃ綺麗～」
お姉さんと微笑み合いながら、ふとエレベーターに視線を向けた先輩は目を見開く。
また上に上がろうとするあたしに気づいて「えっ」と顔を歪めた。

ガンッ
「!?」
閉じかけたエレベーターのドアに肩をぶつけて、先輩が飛び乗ってきた。
相当痛かったであろう肩はそのまま、先輩があたしの目の前に立った。

乗っていた人たちも驚いてこちらを見た。
「なんで勝手に離れるの!?」
しかし先輩はそんなのお構いなしで、あたしに言う。
その語尾が強くて、あたしはびっくりする。
本気で怒っているように、感じる。
「え…？…えっ…!?」
初めて見る先輩の姿に、あたしは戸惑った。
それに…。
勝手に離れたのはあたしなの!?
びっくりして先輩を見つめると、「……ごめん」と先輩が小さく謝った。
ドキドキした。……ううん、今もドキドキしてる。
先輩の真剣な顔が、胸を熱くする。
エレベーターに乗っていた人たちも、そんな先輩にドキドキしているだろう。
だけど絶対、あたしが一番ドキドキしてるっ！

１階に舞い戻り、ドアが開いた。
「どう、乗り切るかなぁ」
「え…」
その言葉の意味が気になって先輩を見上げると、先輩があたしと向き合うように立った。
「ちょっと、抱っこするよ」
「えっ！」

すると突然、先輩があたしを抱き上げた。
両脇《りょうわき》に手を入れて、子どもを高い高いするかのような抱き上げ方。
「え、な、ちょ…！　下ろして!!」
胸の中で叫んでも、聞いてはくれない。
先輩は、あたしを抱き上げたまま、ロビーを通り抜けようとした。
（なんでー!!!）
百戦“恋”磨の先輩がすることは理解できない。
あたしは顔を先輩の胸元にくっつけさせられたまま、ホテルのロビーを通過させられる。
先輩の固い体があたしを包み込む。
「ちょっ!?」
もがくあたしに、先輩は呟いた。
「もう少しの辛抱。お願いだからジッとしてて」
「ギャッ!!!」
そう囁くだけにしていてほしかった。
先輩があたしの耳に「ふっ」と吐息をかけたので、あたしは飛び上がる。
「走るよ！　掴まってて！」
「えっ…!?」
それと同時に、担がれた体。
ぐん、と速くなるスピード。
ホテルが遠くなっていく。

先輩の手が、太ももを触っている。
先輩の手がお腹も触っている。
「だ、ダメ…っ!!」
意識するとくすぐったくなった。
「やめて、下ろして！　先輩…っ！　ああっ！　ダメ！」
あたしは大きく暴れた。
くすぐったくて、堪えられなくなった。
「あっ、にゃん太！」
暴れたせいで、先輩の肩からずり落ちた。
ドサ…と砂の上に転がる。
すると、その瞬間。
先輩の肩に、男の手のひらが、乗った。
「見ぃつけた」
「ッ!!」
到着直後に出会った、あのいかつい兄貴が目の前に現れた。
（ギャー!!）
その声に、先輩が長いため息をついて振り返る。
一応、両手を上げていた。
「追いかける手間、省かせてくれてあんがとな」
ニヤリと口元を上げるカメラマンの表情に、あたしは息を呑み込んだ。
まさか、あのカメラマンがしつこく追いかけていたなんて！
「しつこい男はさ、嫌われるって身をもって体験してるでしょ？」
観念したように手を上げていたくせに、先輩は挑発的なことを言った。
男がイラッと顔を歪めたのが分かった。
だけどそれと同時に、先輩はゆっくりとあたしを引き寄せる。
自分の体の後ろへと隠してくれた。
あたしは先輩に守られて、その男と対峙《たいじ》することになった。
…キュン、と胸が鳴る。
ああ、やっぱり。
あたし、先輩が好き。
普段はチャラチャラしててナンパな奴だけど、こういう時、しっかり守ってくれる。
なんて、素敵。
あたしはキラキラした瞳で、先輩を見つめた。
真夏の太陽に焼ける、太い腕。
広い肩幅。
頭の上にはパイナップルのような髪の毛が、スカイブルーのTシャツは肩までまくれ上がって、たとえそんな姿でもそれが愛《いと》おしくカッコいい。
「んだと…、——っ!?」
こめかみをピクピクと動かした男が、それと同時にあたしの視線に気がついた。
あたしは現状をすっかり忘れて、目の前の先輩にキラキラ夢中。
先輩は男の視線があたしへと動いたのを見て、小さく振り返った。
あたしの目からハートビーム。
いかついお兄さんとの修羅場には似つかわしくない、そんな浮かれた顔をしていた。
それを見た先輩は小さく笑った。
「ってことで、ここは見逃してくださいよ」
呆気にとられているカメラマンからひらりと離れ、ハートビームを発射しているあたしの肩を抱き、先輩は微笑んだ。
「大の大人がみっともないっすよ？」
先輩のその一言に、カメラマンが再起動しはじめる。
「大の大人の世界は、そんな甘い世界じゃないってのを教えてやるために来たんだよっ」
「ひゃっ!?」
先輩の背に隠れるあたしに腕をかけた。
周りの客たちも、ただならない雰囲気に気づきはじめた。
男に腕を引かれるあたしは、必死で踏ん張って堪える。
(負けないんだからぁ!!)
「…じゃぁ、俺がモデルとかどうっすか？　この子より…ずっと色っぽいと思いますよ？」
すると先輩は、高みから色っぽくカメラマンを見下ろした。
「な…!?」
カメラマンの、あたしの腕を引く力が弱くなった。

まぶたを見せる視線の使い方は、先輩のもう一つの顔であろう。
あたしの方がドキドキして視線が泳いだ。
（こ、こんな顔も持ってるの…か？）
と、先輩の色っぽい表情にときめいた瞬間、視界の片隅で男の体が大きく揺らいでいった。
先輩が男の腹に（周りからは見えないように）片足ドロップキックを決めていた。
あたしは男の倒れ方に、見覚えがあった。
（…この倒れ方、あの時と…あの夜の時と、同じ…!?）
あたしの腕を引っ張って「逃げるぞ！」と言う先輩に、ワンテンポ遅れて反応した。
「…は、はい…！」
何かの撮影中かと人だかりができていて、先輩が「はぐれるなよ」とあたしの手を繋ぐ。
肩の近くではねる毛先。
細いけど、大きくて硬い背中。
少し焼けた肌。
先輩の大きくて、少し温かい手のひらがあたしの手を包む。
ドキドキした。
あの夜あたしを助けてくれた救世主は、MARUの正体は……まさか、まさかね…？
先輩の背中を、ドキドキして見つめた。
砂浜を駆けながら、先輩はたまに後ろを振り返り、男の魔の手がここまでこないかと確認している。
男のことなんか頭の中から全てなくなり、あたしは目の前を走る先輩に夢中だった。
あたしの手のひらを掴んだまま、手を繋いで走る姿。
素敵すぎて、目が離せない。
先輩だけを見て走っていたので、先輩は避けられた砂山にあたしは足をとられて転ぶ。
「あぎゃッ!?」
「おわ!?」
不細工な転び方をしたあたしに手を引っ張られ、先輩も足を止めることになった。
「…にゃん太〜。ここでそれは勘弁してくれよ〜」
両手をついて、四つんばいになっているあたしの両手を引っ張り、「ほら」と立たせようとしてくれる。
だから、そういうスキンシップが、あたしをずっこけさせるんだってば！
あたしが真っ赤に火照っていたので、先輩はキョトンと目を見開いた。
「…にゃん太、もしかして俺に惚れちゃった？」
ニヤリと口角を上げ、先輩があたしに体を近づける。
「いいいいやいやっ」
惚れたんじゃなくて、もう惚れてます！
真っ赤な顔で見上げるあたしに、先輩は意地悪そうにニヤリと頬を上げげた。

「まぁ〜ったく！　ほーんとにゃん太って手がかかるんだから〜」
あたしを立ち上がらせると、先輩は軽く背を曲げて、あたしの膝についた砂をポンポンとはらってくれる。
そんなさりげない仕草、一つ一つに発狂したくなる。
真っ赤になって、ドキドキしてばっかりのあたし。
とりあえず…。
顔だけで「うきゃ――――!!!」と表現してみる。
先輩は、それに気づき「うき―――」と猿の真似《まね》で応《こた》えている。
そんな先輩に、あたしの心臓はまた高鳴る。
「あはは！　にゃん太っておもしれー！」
先輩はとくに意味を追及することもなく、朗らかに笑った。
「って、今はこんなことしてる場合じゃないんだってば！」
先輩がハッとして、再びあたしの手を掴んだ。

気がつけば、太陽は低い位置を陣取っていた。
カメラマンの兄ちゃんも、もうここまでは追ってこないだろう。
オレンジ色が世界を侵食。
あたしの心は先輩が侵略。
手は繋いだままの格好で、気がつけばいつせ屋の傍まで帰ってきていた。
足元でザクザクと砂の音がする。

２人で海岸線を歩いていた。
「やっばいスねー。お遣い頼まれてたのに、俺ら手ぶらだね～」
先輩が隣を歩くあたしに笑う。
オレンジ色が重なって、その顔はよく見えなかった。
だけど笑ってくれていることは分かる。
陰になる姿が、とてもカッコ良かった。
だけど今のあたしは、少しだけセンチメンタルな気持ちになっていた。
繋いだ手。
ドキドキしているのはきっとあたしだけ。
初めて会ったのはラブホの前で、先輩はたくさんの人とそういう関係があるという。
「ん？　どした、にゃん太。貝殻いる？　ほら」
黙ったあたしを見て、足元に転がっていた白い貝殻をあたしに見せる。
「え、あ、はい…」
あたしは小さく頷いて、それに手を伸ばそうとした。
「やっぱやめー！　喜ばないならやんないっ」
先輩はあたしから貝殻を遠ざける。
「！」と、先輩を見上げた。
すると、真っ直ぐな先輩の瞳があたしを見下ろしていた。
「……どした？　さっきの怖かった？」
優しい、声。

また、胸が苦しくなる。
先輩の優しさは、触れ合いは、“みんなと一緒”？
ああ、ダメ。
考えると悲しくなってきた。
俯いたあたしを見て、先輩は繋いだ手に力を込めた。
「ごめんね…？　俺のせいだね」
よしよし、と先輩があたしの頭に手を回した。
そっと抱き締めて、くれる。
あたしは、先輩の腕の中で小さく震えた。
嬉しいけど、嬉しくない。
だけどそれを伝える勇気もない。
出逢った当初から分かっていたことを、今再確認しただけ。
なのになんで、こんなに悲しい気持ちがするんだろう。
「ごめんね」と先輩の優しい声が耳元で溶けた。
あたしは気持ちを言葉にすることはできず、ただただ首を振っていた。
それが原因じゃないんです、と伝えるように。

それから少しして、太陽は沈んだ。
姿こそは見えなくても、まだ空は明るい。
薄い水色が空を占領して、東の空に白い月が１人寂しそうに浮かんでいた。
先輩と一緒に、いつせ屋に帰った。
ガラリ、と開けたドア。

するとそこには人だかり。
予約していた人たちが、チェックインをしている。
もちろん、そんなフロントのような場所はないけれど、ケベたちが受け付けをしていた。
「…遅すぎるっつーの！」
玄関の前で、ケベたちが据わった目であたしたちを待ちわびていた。
すると。
「あっ！」
受け付けをしていた１人の女性が大きく口を覆った。
その視線はあたしの隣、はるか上空を見つめている。
あたしは先輩へと視線を向けると、先輩はきょとんと知らぬ顔。
そこであたしは想像する。
きっと昔、どこそこで相手をした女に違いない。
グルグルと嫌な想像が巡った。
「昼間はどうもありがとうございました」
すると、その女性が大きく頭を下げた。
腕には可愛いダックスフントを抱いていた。
あたしはハッとする。
今、一つにまとめている髪を、頭の中で下ろしてみる。
今、着ているデニム姿から白い花柄ビキニへと変換してみる。
（ひ、昼間の、あの…!!）

あたしは気がついた。
先輩が、助けてあげたあの人だ。
その女性は嬉しそうに先輩を見上げて、微笑んでいる。
こっちのカジュアルな感じの方が笑顔を映えさせる。
やっぱり綺麗な人だった。
――しかし。
先輩はまだなんのことか分からないようで、曖昧《あいまい》に笑っていた。
あたしでさえ気づくのに時間がかかったのだから、人を覚えない先輩には無理難題だろう。
先輩の表情に、女の方も少し困ったように友達に視線を投げていた。
「先輩！　あの、昼間の…っ」
あたしがこそこそと先輩に耳打ちをすると、先輩は聞いたか聞いてないかのところで言葉を発した。
「なんちゃって♪　ちゃんと覚えてますよ。綺麗だなって見ていたら、あのカメラマンがいたわけで」
上品な笑顔を見せて、先輩は女に近づく。
忘れられてたのかも…と落ち込ませといて、ちゃんと覚えていたから、女はさっき以上に頬を上げた。
落として、上げる。
きっと最初から覚えていたと反応を取られるよりも、こっちの方がずっと印象に残って嬉しいだろう。
先輩のすかさずのラブテクニック。

落として、上げる。
あたしは心の中でメモメモと筆を走らせた。
先輩の笑顔で、女たちはみんなにこやかになる。
「はい、どうぞこちらに～。部屋は準備してあります」
先輩はサンダルを脱いで、部屋へと案内する。
古い旅館しか空いてなくて不機嫌そうだったメンバーも、
先輩が案内すると知って頬を緩めた。
それを見ていたケベたちがぽつりと言った。
「…アイツ、きっとこのまま帰ってこないぞ」
「えっ!!」
あたしは大きく、ケベたちへと視線を向けた。

ケベたちの予想は的を射止めた。
ボーン…
時刻は夜の10時前。
先輩は行方《ゆくえ》を晦《くら》ましている。
もちろん、２階の右奥の客間。
昼間のお姉さんたちの部屋にいる。
何をやってるのか、すっごく気にはなったけど、女４人を相手に先輩も何もしないだろう…。多分。
しかし、それを確かめにいく余裕もないくらい、急ピッチで仕事が回り、バイト初体験のあたしはぐったりと肩を落とした。
12部屋ある客室全てが埋まり、おばあさんもおじいさんもホクホクと喜びの涙を流していた。
「ばぁさんや…わしはもう思い残すことは何もない…」
「あぁ、お父さんっ！　そんなことおっしゃらないでくださいよ…っ」
よぼよぼと震えるおじいさんは、テレビ（お笑い番組）を見ながら梅昆布茶をすすっている。
その横でおばあさんはさめざめと涙を流しているが、しっかりと固い漬物を噛んでいた。
「あ、気にしないで。これ、いつもの会話だから」
マッキーは、さらっとそう言い、2階に行こうとあたしを促す。
「あんの馬鹿ムトーを一発ずつ叩いてやろうぜ」
闘志…いや、嫉妬心《しっとしん》？に燃える残り2人の男。
ケベとキム兄。
実は、もしかして…あの部屋に行きたかったのかな？
あたしは呆れて「先にお風呂入りま～す」と小さくこぼした。

海の近くでもあり、旅館の裏手は山でもあり、天然温泉の湧《わ》き出るこの旅館は、昔はとっても人気だったという。
だから温泉にはとくに力を入れており、お風呂場はとても大きくて立派だった。
（この意外性はきっとポイント高いだろうな…）
がらりとドアを開けると、湯気で視界の悪い浴室に、何人かのお風呂セットが置いてあるのが見えた。
そしてキャイキャイと外から楽しそうな声。
その声の方へ近づくと、ドアに赤いペンキで『露天風呂→』と書かれていた。
（露天風呂…？）
あたしはバスタオルを体の前に垂らし、その声のするすりガラスの扉を開けてみる。
「!!!??」
すると、扉の向こうにはハーレムの世界が広がっていた。
忘れてはならないのが、ここの旅館のこの古さ。
ハーレムなんて横文字、ここには似合わないから！
岩風呂となっている露天風呂。
そこに両手を広げたムトー先輩。
その腕に２人ずつ、綺麗なお姉さまたちを抱えている！
「絶～対アイツら殴り込みにくるからね。避難避難」
なんて、美女たちに囲まれ笑っている。
や、やっぱり先輩の方が一枚上手。
今頃、ケベたちはもぬけの殻の部屋に入って発狂しているに違いない。
「わはは～」と笑う先輩の隣、女たちは綺麗に焼けた肌を見せていた。
みんなで混浴!?
なんで!?　なんでそんなことができるの!?
（今時の…若者にはついていけない…！）

ガックリと項垂れていると……。
ザバー!!
「!!」
先輩が、勢いよく湯船から立ち上がった。
（そんな無防備に立ち上がったら、見えちゃいますからぁ―――!!!）
あたしは目を覆い、1人悶えた。
女たちは、間近で先輩を見上げているはずなのに、声一つ上げない。
それはつまり、もう体の隅々まで見たって証拠…!?
（こ、ここに来る前ナニしてたんだぁ―――!?）
あたしは数ミリの視界で見える先輩の体（裸体）に、頬を染めた。
綺麗な月明かりが、そっと筋肉に影を落とし、細いけど、綺麗で、それでいて硬すぎないように見せていて…何かスポーツでもしていたのかしら…？
あたしは自分の姿を忘れ、うっとりと見つめていた。
「じゃ、俺そろそろ仕事戻らないと」
先輩が笑って言う。
「「えぇ〜」」
お約束どおりのその反応に、先輩は笑った。
「こっちに入りたくて入れない人がそこに1人待ってるみたいだからさ」
（えっ!!）

ばれていたあたしの覗き見に、先輩はこちらへ近づいてくる。
え……、
ちょっ……、
待っ…!?
先輩の下半身も鮮明に見えはじめ、あたしはより一層慌てふためいた。
「あっ…えぇっ!?」
こちらこそお約束の水着姿。
先輩が海パン姿でこちらへやってくる。
(う、うそでしょ―――――!!!)
こっちは真っ裸もいいところ。
「にゃーん太っ」と近づいてくる先輩に、あたしは浴室内を大脱走。
「来ないでくださいぃぃぃ!!」
あたしはドタバタと浴室を横切り、ギリギリセーフでトイレへと逃げ隠れた。
「せ、セーフ…」
「もー。にゃん太の照れ屋さん~」
それでも余裕の先輩は、鼻歌交じりで着替えている。
泣きたい。
もうヤダ。
「…っぐすっ」
それからあたしは、風呂場が貸切になるまでトイレにひそむこととなった。

あたしがお風呂に入り終わったのは、もう11時半目前。
たったの１日で、考えられないくらいの疲労困憊《ひろうこんぱい》。
ため息をついて、軋む廊下を歩くと、それぞれの部屋から愉快な笑い声が聞こえてくる。
階段を上りきり、左に行けば自分たちの部屋。
右に行けば女たちの部屋。
先輩は今、どっちにいるんだろう。
そんなことを考えながら、この分かれ道に立っていた。
もちろんあたしは…。

「ぎゃはははは!!!!」
「マッキーのこの顔めちゃ変〜〜〜」
大笑い御礼《おんれい》。
枕投げで盛り上がるケベたちを横目、置いてあった仕切り板でバリケードを作った場所。
女たちの部屋に乗り込む勇気もないあたしは、自分たちの部屋へと戻ってきた。
そこには枕投げで白熱するケベたちがいて、部屋が蒸し暑い。
「…ムトー先輩は…？」
「知らねぇ!!!」
あたしの質問に一応答えて、３人はまた笑いに走る。

一つだけ隔離された布団の上、あたしは腰を下ろした。
「だ〜いじょうぶってば！　俺ら女に困ってないから」
そうケベたちは笑っているが、そういう問題じゃぁない！
由緒正しき純白乙女が、こんな輩と肩を並べて眠っただなんて、世間に知られては嫁の貰《もら》い手がなくなってしまう。
あたしは暗い夜（ほとんどは裏山）を映す窓際に座り、ケベたちの騒ぐ部屋との間、ピシャッと障子を閉めた。
中庭に面した窓際には、一つの丸テーブルとシックな色の腕掛け椅子が置かれていた。
空ではほんのりと白い雲が月を乗せ、仄《ほの》かな光を醸し出している。
コの字の中庭を向く窓の傍、あたしは下を見下ろした。
そっと１階を見下ろすと、まだオレンジの光を漏らしている部分もあれば、光の漏れが見えない部分もある。
ちょうど真向かい、結局は「仕事」と言いつつ、この場にいない先輩は、まだあの部屋にいるのだろう。
なんでケベたちは何も言わないんだろう…。
あたしは小さくため息をつき、椅子に腰掛けると、暗い夜空をそっと見上げた。

ガガガ…
感傷的に夜空を見上げていると、部屋の中からそんな機械音が聞こえる。
「わっ！　なんだよ、それ！」

ケベが騒いでいる。
「俺、毎晩聴いてる番組があんだって！」
マッキーがどこからか古いラジオを取り出し、チャンネルを合わせている。
傷心に浸っていたあたしはハッとして、障子を開けた。
「おわ!?」
「あたしも聴きます〜〜っ!!!」
突然の主張に、３人が目を見開いた。
もちろん番組は『君とラブテクニック』こと『ラブテク』。
マッキーもMARUのファンだとか、本当にラブテクを磨きたいとかで、毎晩聴いているらしい。
あたしもあの夜以来、毎日欠かさず聴いていた。
実は…みんなに言ってなかったけど…あたし…。
『さぁ今夜の１通目は、PN恋するにゃん太さんからのお便り』
（**あぁ!!!**）
そのPNにケベたちの視線があたしに集まる。
バッドなタイミングであたしの愛の相談が取り上げられてしまったらしい。
あたしが慌ててラジオを切ろうとするが、キム兄のプロレス技が入ってあたしは動きを封じられる。
「ちょっ…マジでやめてくださいっ!!　って、てか！　技、入ってます、入ってます!!　あたし女の子ですよ〜〜〜〜!?!?」

「うるさいその口も塞いでしまえ！」
「ラジャッ」
「ん、ん〜〜〜〜!!!」
『好きな先輩がいますが、その人は根っからの女好きです。恋愛経験のないあたしはどうすれば先輩の気持ちをこちらに向かせることができるのでしょうか？　教えてください』
「(やめて〜〜〜〜!!!)」
「わははははは!!!　ホントににゃん太だぁ!!」
結局。
ケベたちの笑いものになっただけで、アドバイスを聞きそびれた。
番組が終わった後も、何十回もケベたちが相談の内容を繰り返すので、あたしは怒って椅子と丸テーブルがある場所へ出た。
バシン！と障子を閉め、夜空が溶ける場所に佇んだ。
そして。
気がつけば寝入ってしまっていた、らしい。
「…にゃん太、にゃん太〜？」
暗い闇の中に一つの大きな影。
「ふぁい…」
あたしは目を擦り、その声の方を向く。
月明かりも雲に隠れ、あたしは暗闇の中から、また暗闇に身を留《とど》めた。

うっすらと月の光が部屋に差し込んでいる。
目を開けると、開いた障子の隙間からスコーと寝息を立てる男たち３人が見えた。
好き勝手に眠っている。
「まみぃ…」
ふと寝言を浮かべるのはキム兄。
マッキーを抱き締めている。
マッキーはとても寝苦しそうに顔を歪め、ケベはそんな２人の足元の方でスヤスヤと眠っている。
そして、この闇の中の声の主。
それは今日は１日サボってくれた先輩、ムトー。
「にゃん太起きたぁ？　こんなとこで寝てたら風邪ひくよ？」
あたしの髪を撫でて、先輩はご機嫌いい感じ。
「あ、ありがとうごじゃいます…」
あたしが椅子の上で寝ていたのを起こしてくれたらしい。
あたしはそうお礼を言い、寝惚《ねぼ》けながらも自分の布団に入ろうと椅子から立ち上がった。
「…ねぇ待ってよ」
すると、その瞬間、先輩があたしの腕を引く。
そのまま抱き締められる結果になって、あたしは身動きが取れなくなった。
「せ、せんぱ…？」
カッと目が覚めた。

脳まで、起きた。
そして香るは、お酒の香り。
先輩、お酒を飲んでる、の!?
「にゃん太は俺のものでしょ～？　なんで俺から逃げるのぉ～？」
先輩は「ック」としゃっくりをし、腕の中から出ようともがくあたしの行く手を阻む。
「せ、先輩っ！　酔っ払ってるでしょう!?」
あたしが大きく声を上げると、先輩は手であたしの口を塞いだ。
「シィー！　うるさくすると、ケベたちが起きちゃうよ」
その気の回し方に、ただ少しほろ酔いなだけで意識はちゃんとはっきりしているのかとあたしは力を抜く。
「もう、先輩。こんな冗談は…」
くるりと振り返って、先輩と向き合おうとした。
「なんちゃってぇ～♪」
するとその瞬間、先輩がイエーイと両手を上げ、あたしに倒れかぶさってきた。
「う、嘘ぉ!?」
世界がスローモーションに動くのを、あたしは初めて体験した。

倒れた場所は、あたし専用としてバリケードを組んでいた布団の上。

偶然に倒れ込んだにしては、先輩は上手にあたしの両足の中に体をすり込ませていて、完全に無防備な体勢。
「…にゃん太温か〜い…」
人肌に飢えているような言い方、背中に回した手の温度。
先輩があたしの胸元に頬をくっつけて軽く微笑んでいる。
あたしは、先輩の言葉を思い出す。
『俺、独りでいたくないわけ』
この温もりに飢えていて、あんな風に人を求めるの…？
心臓は今にも、破裂してしまいそうだった。
あたしに絡める腕が心地よく、ぼんやりとする。
お酒の匂いさえも気にならない。
先輩は、温もりに飢えているの？
そんなことを思うと、無意識のうちに先輩の髪を撫でていた。
ゆらゆらと手のひらを動かして、先輩の長めの髪を触る。
あたしの胸元で寝息を立てそうになっていた先輩がそれに気づき、すっと顔を上げた。
白い雲がまた月を前に引き出す。
ゆっくりと闇に慣れた瞳と瞳であたしたちは見つめ合った。
まるで、時間が止まったかのような、そんな感覚を覚える。
押し倒された布団の上。
あたしの体の真上に乗っかる先輩。
あたしの胸で寝ていた先輩が顔を持ち上げ、そっとあたしに視線を当てた。

こういう時こそ、たくさんの妄想が巡りそうなのに、今のあたしは現実が素敵すぎて、妄想レーダーがストップしている。
本当に妄想チックなシチュエーションがやってくると、人って現実を受け入れるんだ。
だから妄想しない。
妄想できない。
本当の恋って、意外とやけに冷静で、きちんと現実を見つめられるんだ…。

先輩の顔が徐々にあたしに近づき、気づけば先輩の腕はあたしの頭をロックしていた。
近づいた、距離。
その唇まで、数センチ。
このまま、身を委《ゆだ》ねてしまえばきっと妄想が現実になる。
近づく、甘くて優しい瞳。
綺麗な唇があたしの口元にやってくる。
さっきまでのあたしなら「誰にもしてるんだから嫌」とか思っただろう。
でも実際こうなるとあたしはそれさえも受け入れてしまうみたい。
あたしは先輩と、瞳と呼吸を合わせる。
ドキドキは最高潮。でも…。
本音は、怖い。

妄想が現実になるのはちょっと怖い。
もう、頭の中だけでは描けない。
感触を、知る。
感覚を、知る。
もう、妄想だけの世界には戻れない。
だけど。先輩とならそれでもいいと思った。
その瞳は、真っ直ぐにあたしを見つめていた。
いつもはニヤけた口元も、今はしっかりと素敵に閉じていた。
あたしを、見つめる。
その瞳が愛おしい。
先輩の首元にあたしは手を伸ばす。
「…先輩…っ」
ぎゅっと瞳を閉じて、あたしは先輩の首へとしがみつく。
覚悟を決めた、瞬間だった。

純情レベル4
熱帯リバース

熱すぎるこの想いを、
どうか貴方が甘く溶かして。

このまま熱さに侵されて、
どうにかなってしまいそうなの。

熱帯夜。

今夜はそうね。

1人では眠れなさそうね。

一世一代の覚悟。
しかしその囁きの直後に先輩は再びあたしの胸に頭を置いた。
「………？」
あたしはきつく瞑っていたまぶたをそろりと開けてみる。
「……っ！？」
あたしの胸元で規則正しい寝息を立てる先輩。
（あたしとしては）とってもいい雰囲気だったのに、先輩にとっては睡眠までの暇つぶしだったらしい。
（う、嘘でしょ…！？）
先輩があたしの上から隣の布団に寝返りを打ち、あたしは呆気なく解放された。
スヤスヤと眠る先輩が、バリケードを破って、すりすりとマッキーの体に手を回す。
マッキーは、キム兄と先輩２人に抱き枕にされ、とても寝苦しそうに顔を歪めた。
そんな姿を見て、あたしはうるうると目頭が潤んでいく。
あたしよりも男のマッキーの方が抱き心地が好《よ》かったってこと？
女のあたしより…。
（あ、あたしって、魅力…ないの…？）
破られたバリケードの布団の上、あたしは顔を埋めた。
泣きたい。
今度こそ、本当に泣きたいよ…！

だんだんと、男たち４人のいびきの大合奏。
眠れぬ夜に項垂れる。
ぽつりとシーツに水滴が落ちて、あたしはますます悲しくなった。
ポロポロと決壊した、涙腺《るいせん》。
１人声を殺して、涙を拭う。
バイト初日の夜は、あたしに涙をもたらして、無情にも更けていった。

「お前は、誰だ!?」
旅館の朝は早い。
まだ太陽も昇らぬうちから動きだす。
朝一でうるさいのは、昨日寝言を言ってたキム兄。
人の顔を見て、指を差す。
「どうした、その“お岩《いわ》さん”!!」
あたしの腫《は》れた目を見て、ケベも騒いだ。
「う、うるしゃぃっ!!」
あたしはゴシゴシと歯みがきをしながら、キッと牙《きば》を剥く。
昨日、涙しながら眠った結果、もちろん「＝」でこの結果。
予想できるはずの事態だったのに、あたしは自分の心に負けた。
それよりも、男に負けたことが心底悲しい。
しかも…この男に…。

「大丈夫？」
マッキーが濡《ぬ》れたタオルを持って、あたしのまぶたに当ててくれた。
「ぅきゃっ!?」
「マッキーやっさしぃ〜」
ケベとキム兄が、ニヤニヤとマッキーをつつく。
「お前ら、これでもにゃん太は女の子なんだぞ!?」
カチコーン！
今、一番言われたくない言葉を射抜かれてしまった。
（しかも「これでも」かよ）
心の中で悪態をつきながらも、あたしはそっとマッキーの手を押した。
「あ、ありがとうございます…。大丈夫です」
「ホント大丈夫か？　にゃん太」
ケベがあたしの肩に手を回し、鏡越しに視線を合わせた。
歯ブラシをくわえたまま、短髪ピアスのケベを見つめる。
するとケベが言った。
「“アイツ”はさ。酒が入るといつもああなんですよ」
「！」
ケベの言葉に、あたしはピクンと動きが止まる。
昨日の夜のこと、もしかして、見てた!?
「な、なんのことですか…!?」
あたしは慌てて視線を外し、何も知らないふりをした。
ケベはそれでも話を続ける。

「酒が入ると見境もなく。目の前の女に手当たりしだい」
「えっ、嘘！　だったらあたしは…!?」
知らないふりは２秒で終わり。
ケベの発言に、あたしは再び泣きそうになった。
顔を上げたあたしを見て、ケベは笑う。
「これはかなりレアなパターン。もしかしてにゃん太、アイツにとって唯一の女になれるかも。食指に触れない貴重な女」
(ガーン!!)
そんなの嫌に決まってる!!
あたしはますます項垂れた。
ケベは満足したらしく、ニヤけた顔であたしから離れた。
あたしはショックの鐘が鳴り、蒼い顔で先輩と向き合う。
「お、おはようございます…」
悲しかった。
まさかのそういう意味で、唯一の女になってしまった、自分が。
「おっはよーん。にゃん太」
先輩は何事もなかったかのように、緩い顔で笑い、髪をいじっていた。
鏡から視線は離さず、あたしには声だけで挨拶《あいさつ》。
結構な泥酔ぶりだった気がしたけど、お酒が残ってる風では全くない。
あたしは心臓が爆発するかと思うくらいドキドキしたのに、

先輩にとってはなんともないことだったんだ。
また、がっくりと落ち込む結果となった。
「おはよーございまーす！」
ケベたちが明るく挨拶をして、食堂に入る。
おじいさんとおばあさんは既にフル回転で行動していて、その速さにびっくりした。
準備に追われている間に太陽が昇り、朝食をとったお客さんたちは、今日は名所めぐりだとか、またまたビーチで肌を焼くとかで、すぐさま旅館を後にした。
だけどまだまだ、仕事は終わらない。
朝食の片づけが終わると、すぐさまお昼休憩の時間だった。
そしてその後、シーツ交換や洗濯、掃除に取りかかることとなった。
「なぁなぁ由海ちゃん。昨日の夜、なんであそこで寝ちゃったの？」
「――！」
シーツを持って、階段を下りようとした時に、ケベの声が階段の下から聞こえてきた。
あたしは息を呑んで、階段の上で立ち止まる。
ケベが昨日のことを話している！
あたしは壁にくっついて、耳をそばだてた。
もしかしたら先輩の本音が聞けるかもしれない。
「は？　なんのこと？」
そんなものに動じない先輩は、いつもの調子で緩く答える。

「ダメダメ。今回ばっかりは。俺らちゃんと見てたから」
（お、俺ら!?）
「そーそー。わざと寝たふりしてあげてたのにねー。ムトーってば途中で寝ちゃうんだもん。なんで？」
まさかの展開はここにもあった。
まさかみんなが起きていたなんて！
「え。嘘。俺、知らなかった」
そう言ったのはマッキーだった。
（ナイス！　マッキー！）
なんとなく、マッキーとは気が合う気がした。
「お前なら～、たとえ処女のにゃん太だって～、満足させてあげられるだろ!?」
「朝からなんつー話題だよ」
キム兄の言葉に、ムトー先輩が呆れて言う。
あたしはギュッとシーツを握り締めた。
はァはァと変な妄想が頭の中で広がり、変な汗が出た。
「もしかして、にゃん太にマジになってたりする!?」
（！）
ケベが言う。
「そーそー。にゃん太って結構可愛いじゃん？　一途《いちず》で純情。お前に足りないものを持っている」
（！？）
おちゃらけた奴らだと思っていた。
だけどそれを謝りたくなった。

もしかしてこの人たちは、いい人なのかもしれない！
「そうだよ、ムトー！　だってにゃん太は昨日ラジオで…ふごっ!?」
（！！！）
マッキーの口を誰かが塞いだらしい。
そこで思い出す。
この３人に、気持ちがバレているということ。
だからケベとキム兄は協力してくれていたのかもしれない。
思ってもいないこと（可愛いとか）を口にして…。
ドキドキと冷や汗をかく心臓のまま、あたしは壁に寄りかかって立っていた。
階段下の廊下の掃除がムトー先輩の担当。
そこに集まる男３人。
もっと聞こえるようにと、あたしは階段の手すりに体重をかけた。
「べっつにー。俺の好みじゃないってお前ら分かってるだろ？　にゃん太相手じゃ無理だったんだわ」
ドクン…
先輩のその声に、あたしは足の力が抜ける。
さすがに今の発言を、いい風に妄想で変えろって言われても変えられない。
そっか、だから先輩は途中で眠ったんだ。
「……………。」
あたしって、なんだか…。

すごく惨め…。
バキッ
「！」
バキバキッ
「！？」
バキー!!!!!
階段の手すりが音と共に、外れていく。
あたしは体重をかけていたのと、両手がシーツで塞がっていたのとで、立ち堪えることができなかった。
「ッ!?　き、キャァァァ…っ!!!!」
あたしは体勢を崩し、男たちが語らい合っていた現場に、ラッコのように登場して、しまった。
「にゃん太…!?」
「…ッ!!」
先輩の驚いた瞳があたしを捉える。
シーツにまみれている、あたし。
ケベたちが目を丸くして、斬新《ざんしん》なあたしの登場に見入っていた。
泣きたかった。
今度こそ、大声で。
こんなマヌケな登場に、嗚咽《おえつ》を伴って泣きじゃくりたかった。

彼らの時が止まって、ラッコ状態のあたしに視線を落とす。

ケベやキム兄、マッキーはギクリと引きつった顔を見せたが、先輩は少しだけバツが悪そうにあたしを見つめた。
あたしはその視線にますます惨めな思いを馳《は》せる。
「…わ、分かってたことですから…」
あたしはゆっくりと、起き上がりながらそう呟いた。
「わわっ！　大丈夫か!?　にゃん太っ」
ケベがあたしの背を支える。
「手すり、腐ってたのかなぁ!?　にゃん太、怪我はない!?」
マッキーはあたしからシーツを剥がして、キム兄はあたしを抱き上げようとしてくれた。
「だ、大丈夫…です…。あ、あたし分かってたことですから…」
あたしはこれしか言えなかった。
分かっていたこと。
分かっていたのにね。
先輩の好みじゃないってことくらい。
バイトの数合わせとして呼ばれたことくらい、分かっていたのに、ね。
「本気にしないでねって、俺言ったよね？」
先輩はモップに体重をかけながら、言った。
追い討ちをかけるように。
あたしは先輩を見つめる。
「おい、ムトー…！」
ケベたちがそれを非難するように名前を呼んだ。

それでも先輩は笑顔のまま。
そんな酷《ひど》いことを言う。
そっか…だよね。
そうだったのに、あたし１人で浮かれてた…。
バス中での出来事や、昨日の砂浜でのこと…。
浮かれてたから、昨日の夜のことも１人で期待して…。
あたしはじわじわと視界が歪んでいくのを感じた。
あたしって…ほんと痛い子…。
最初から分かってたはずなのに…。
小さく立ち上がり、やっとの思いでドアの所まで歩いた。
「にゃ、にゃん太!?」
ケベたちにそう呼ばれたけど、あたしは振り向くことなく、
ドアを開けると全速力で駆けだした。

廊下に残された俺たちは、シンと痛い空気の中にいた。
「あちゃ〜…」
ケベが頭を抱える。
俺も気まずそうに腕を組んだ。
その中で、マッキーは１人、すっとムトーに近づいた。
「…謝ってこい」
「は？」
いつになく強い口調のマッキーに、モップを動かしはじめ

ていたムトーはイライラした目つきで睨む。
「…お前、今のはいくらなんでも言いすぎだ。ちゃんと謝ってこいよ」
マッキーが言う。
「…なんで？」
ムトーはハッと笑った。
「…お前、にゃん太のことちゃんと分かってるだろ？」
マッキーはムトーに真正面から向き合う。
「…なに、分かってる、って」
ムトーは、平然とモップを動かした。
「なんでそんなマジなのさ。もしかしてマッキー、にゃん太のこと…？」
ガンッ
マッキーがムトーの胸元を掴んだ。
「だったらなんだよ、テメーはいつまでそんなことしてんだよ！」
いつもおっとりしているマッキーのこの行動に、ケベも俺も、もちろんムトーも驚いた。
「嘘!?　いつの間に!?」
「マッキー、だから気が利いてたんだ!?」
俺はケベとこそこそ話した。
「だったら最初から、こんなとこに誘ってんな！　にゃん太は、お前の考えを理解できるような子じゃないだろ!?　だったら最初から期待させんなよ!!!」

バンッとムトーを壁に打ちつけると、マッキーも外に出ていった。
「……」
ケベと俺は、居たたまれなくなって無言で立ちすくむ。
ムトーも何も言葉を発せず、壁にもたれかかったままだった。
「………。」
無言。
ジリジリと鳴く蝉の歌声が、３人の間を小さく駆け抜けていく。
「佐助く〜ん…！　今の音は何かしら〜？」
遠くの方から、おばあさんがケベを呼ぶ。
年上（とっても上）キラーのケベは、おばあさんのお気に入り。
その声に、ケベと俺はハッとした。
「どうしよ!?　手すり、取れてるぞ!?」
ケベは、少しステップを踏み、ここから離れていいのかと俺を見た。
俺は動かないムトーへと視線を向けた。
ムトーは壁に寄りかかったまま、こちらに顔を向けることはなかった。
それを確認し、俺はケベと２人手すりを持っておばあさんの所へ走っていく。
「ちょーっと一生懸命掃除をしていたら……取れちゃいま

した」
「ギャっ!!」
おばあさんの声が大きく響いた。

トンテンカン、とその後手すりの修復作業が始まった。
ケベはおばあさんのお気に入りで、なかなか作業に集中できない。
マッキーはあのまま帰ってこず、もしかしたらにゃん太を慰めているのかもしれない。
「手すり、俺らがつけていいのかねー？」
俺は何事もなかったかのようにそう言い、縁側で休憩していたムトーの隣に座った。
ムトーは無言のまま、反応は示さない。
俺は脚を組んで、持っていたスイカをムトーに渡した。
「ほらよ。さっきのお詫《わ》びだ。悪かったな。まさかにゃん太がいるとは思わなくて」
ムトーはそれを受け取り、こちらを見据えた。
「…べっつにー。関係ねーよ」
「酒が入ってたらさ、好きじゃなくても抱けるだろ。つーか抱いてただろ」
俺はスイカを頬張り、黒い種を庭に吹き出した。
「お〜。軽く５メートルは超えたな」
ムトーは、太もものところにスイカを下ろし、飛んだ種を意味なく眺めていた。

「それをしなかったから、大切にしてんのかな〜？って思ってたんだけどね。さっきは茶化したけど」
俺は独り言のように呟く。
「ただ眠くなっただけだよ。俺が嘘つける人間だと思う!?」
心外！と言わんばかりに、こちらを見た。
そしてスイカにかぶりつく。
「っは。どの口が言う」
それを見て、俺は鼻で笑った。
それを横目に、ムトーはピュッと種を飛ばす。
「…やり！　絶対俺の方が飛んだっしょ!?」
種を吐き出し、イェイとガッツポーズを決めて、ムトーは縁側から飛び下りた。
「てことで木村くんよ。僕は人生についてちょっと瞑想してくるよ。あとは任せたっ！」
「え、あっ………くそっ」
そう言って、ムトーは手すりの修復作業を放棄した。
宙を掴むことになった俺は、ムトーの背中を見て小さく笑う。
「…まさかのまさか、が起こったり……して？」
俺はスイカを頬の中に詰め込んで、もう一度種を飛ばした。

気がつけば、青い空が夕陽になり、夕陽が夜空になっていた。
ここは旅館から離れた岩場の海。
砂浜からは対極的のこの場所は、真後ろに森を抱えていた。
空には星が輝いて、月が夜空を映えさせて、あたしの妄想力に力を貸してくれていた。
先輩の発言に胸を痛めていたあたしは、いつしかそこから妄想劇を始めていた。
あたしが海の中のお姫様…だったとしたら、きっと先輩は空の王子様。
１年に一度しかめぐり合えないと嘆くあの星の恋人たちよりも、はるか遠い２人の距離。
…だってまず、あたしと先輩は両思いじゃないんだもん…。
星の恋人たちはいつも想い合っている。
時がくればお互いのもとへと駆けていく。
だけどあたしと先輩は、単なるあたしの片思い。
海と空は何をどうがんばったってずっとずっと平行線で——…。
「……はぁ」
ため息がこぼれた。
小さく俯き、自分の足元に転がる小さな岩の断片を足で転がした。
ザザーン
揺れる波の音に、ポチャンと小さくこぼれていく。
「…また１人？」

そっと後ろから声がした。
え…?
あたしはそっと振り返る。
(誰…?)
その人は、森の中に立っていて、足元しか見えない。
声とシルエットで分かる、男の人だということ。
この声も、多分どこかで聞いている。
「…?」
あたしがゆっくりと振り返り、首を傾げた。
あたしはきっと、この人とどこかで会っている。

「にゃん太〜〜〜〜!?」
「!」
するとその時、あたしを呼ぶ声が響いた。
そのシルエットは少し動じる。
あたしはすっと立ち上がり、その木の陰に立つその人のもとへ進もうとした。
「にゃん太ぁ!!」
それよりも早く、やってきたその声の主はケベ。
「そろそろ家出も終わりにして〜〜!」
ケベが息を打ちながら、あたしに駆け寄ってきた。
「おばあさんたちがにゃん太が帰ったのは自分たちのせいだって切腹まがいなことしてるっ!!」
「えっ!!」

「早く！　帰るよ！」
そう言うと汗を拭いながら、ケベが携帯を開いた。
「あ、もしもし？　ああ。見っけた。岩場にいたわ！」
ケベが横目であたしを見つめる。
「…あぁ、…元気そう。大丈夫だよ」
あたしはその言葉に昼間のことを思い出し、ドキンと胸が揺れた。
妄想の世界に逃げていても、現実の胸の痛みは消えないんだ。
パチンと携帯を閉じて、ケベが言う。
「あれ？　ムトーは？」
あたしはその言葉にますます胸がざわついた。
先輩が…いるはずないじゃない…。
あたしが小さく俯くと、ケベが言う。
「キムの話だと、ムトーも走っていったって言ってたけど…」
ケベの言葉に、あたしは動きが止まった。
身動きが取れなくなった。
背中からの強い圧迫。
体に巻きついた、腕。
慌てるあたしにケベが笑う。
「…にゃんにゃん、昼間はごめん」
後ろから回された手に必死にもがいていると、その手の主はなんと先輩だった。

「にゃんにゃ…？」
あたしが繰り返すと、先輩が手を離してあたしを解放する。
くるりと向きなおらされ、あたしは月明かりの下、先輩と向き合った。
「おわびのしるしに…これ」
先輩があたしの左手を掴んで、何かを載せる。
「へ…？」
あたしは、よく見えない視界の中、左手を持ち上げた。
淡い月の光の中、手の中に転がるその姿は、白い貝殻のように見える。
月明かりのお陰か、ピンク色に見えた気がして胸がときめいた。
「…って…これ、**単なる軽石**じゃないですかぁぁぁ!!!」
ザッパーン
あたしの雄叫《おたけ》びに負けじと、波が対抗して荒波を見せた。
手のひらに置かれたソレは、単なる白い軽石。
あたし個人の勝手な妄想（理想）で、綺麗な貝殻と見えていただけ。
あたしは、ぶんっと手を振り上げ、海の彼方《かなた》に投げてしまおうと振りかぶる。
「……。……っ」
でも、そんなことできないのが恋する乙女の所以《ゆえん》。
（うぅ…）
あたしは大きく振り上げていた左手を下ろす。

「…だってこのへん、この石かもしくはこれ系の石しか落ちてなかったんだもん…」
先輩がごつい、重い石を片手にあたしに汗を見せる。
「…で、ですよね」
あたしは、ロマンチックムードゼロのこの状況に小さく息をついた。
…でも、先輩がいつもの調子に戻っている。
『さっきはごめんね』
って先輩らしい言葉で言ってくれた。
先輩にとって、居ても居なくてもいいであろうあたしの存在。
でも優しくしてくれる先輩。
…今は、あたし、それだけで十分なんだ。
最初から恋人候補にしてもらうなんて、虫がよすぎる。
先輩のいつもの優しい笑顔が月夜に溶けて、あたしも小さく笑みを浮かべた。
感情的になって、ごめんなさい。
「ん太〜〜〜！　にゃん太〜〜〜!!」
そこに遅れてマッキーが姿を現した。
全速力で走ってきたマッキーが肩を揺らす。
「無事でよかったぁぁぁ…!!」
息も絶え絶え、そう言ったマッキーが、あたしの手を握った。
「にゃん太！　一緒に行こう！」

「!?」
突然のことに、あたしはびっくりする。
マッキーがあたしの手を掴むことなんて、今までなかった。
「何やってんだよ」
それを見た先輩は、マッキーの手を払った。
マッキーは少しだけ先輩へと辛辣《しんらつ》な瞳を向けたが、上がった息のまま、あたしに言う。
「にゃん太、さっきホテルで聞いたビッグニュース！　なんとあのホテルにMARUが来てるらしいぞ！」
（え…）
あたしは動きがフリーズする。
MARU…が？
「今から行こう！　ホテルへ！」
マッキーがあたしの腕を掴んで、ホテルへ行こうと誘った。
「行きます！　行きま…っ!?　先輩!?」
もう片方の手を、先輩が掴んでいた。
身動きが取れなくて、あたしは振り返る。
「…MARUって…？　あのMARU？」
先輩は視線をマッキーに向けたまま、怪訝そうに言った。
「そう！　あのMARU！　俺とにゃん太、MARUの番組の愛聴者！　だからその手を離せ、ムトー」
いつも穏便なマッキーが初めて不機嫌そうな表情を見せた。
それでも先輩はあたしの手を離さない。
「…まさか。MARUがここにいるわけないじゃん」

「なんでそんなことが言いきれる？　なんならホテルの周辺歩いてみ？　ファンの子が集まってるから」
マッキーはそう言うと、あたしの手を掴んでいた先輩の手を振り払った。
「行こう！　にゃん太！」
掴まれた腕が痛かった。
(…マッキーもしかして怒ってる…？　あたし、自分の仕事せずに半日サボっちゃったから…)
だけど何も言えず、あたしはマッキーの腕に従う。
「まぁまぁまぁ。待てよマッキー」
すると、先輩が両手を広げて立ちふさがった。
「ムトー…っ」
じろっと先輩を睨む、マッキー。
あたしはハラハラと２人を交互に見た。
「マッキー、今日は悪かった。俺、１日反省したんだわ」
先輩が顔の前で手を合わせ、片目ウインクでごめんねのポーズをする。
あたしはますます訳が分からず、その場に立ちつくした。
「だからその痛そうな手を離してやって？」
先輩がウインクの瞳で、あたしの腕を見つめてそう呟く。
その言葉にマッキーの頬が少し赤く染まり、あたしの腕を解放した。
「…っ！　ごめん、にゃん太…」
あたしは小さくホッと胸を撫でおろす。

「だ、大丈夫です…」
あたしが腕をさすってそう言うと、目の前でマッキーの体が傾いた。
「て、ことで今日はほんとにごめんよ、マッキィ～」
ごろにゃんと、昨夜したように先輩はマッキーに飛びついて、抱きついた。
「な…！　何すんだよ、ムトー！」
マッキーは嫌そうな顔で先輩の顔を押す。
それでも先輩はマッキーに頬をすり寄せていた。
（う、羨《うらや》ましい…）
あたしはその光景を羨望の眼差しで見つめた。
ここまでくれば完全に先輩のペース。
マッキーが先輩に呑み込まれていく。
「ぐはっ！　分かった！　分かったからもう離れろっ！」
無論、キス魔と化そうとしていた先輩の手前、マッキーが先に折れてしまった。
この光景を見ながら、ケベが小さく呟いた。
「…これは面白い展開になってきたんじゃね…？」
もちろんこの言葉は、誰に届くことなく綺麗な夜空に消えていく。
誰も予測しないラブロマンスが、今始まろうとしていた。
「にゃん太～！　置いてくぞー!?」
「ハッ！（←意識を取り戻した音）　い、今行きます～～～っ」

本日、バイト生活４日目。
いろいろと慣れてきたあたしたちは、おばあさんの指示がなくとも自分たちで動けるようになっていた。
「ありがとーござっした～」
先輩がニコニコと、顔の横に狐を作る。
コンコンと得意の狐バイバイを見せて、あの女たちを見送った。
（…結局。あれから毎晩部屋に通ってた…！）
あたしはお辞儀をしながら、心の中でそう嘆く。
先輩はやっぱり先輩だった。
先輩以上に軽いものなんて、この世の中に雲だけだ。
この男はそれほど軽い。
「あ、そうだ。にゃん太、買い出し行かない？」
マッキーは、黒いロングのギャルソンエプロンを外しながら言った。
「あ、は～い」
あたしも腰からエプロンを外そうと腰に手を回す。
そうすると先輩が「おぉ～!?」と声を張り上げた。
見送りに出てきていた、あたし、ケベ、マッキーはみんなで先輩の方を振り返る。
先輩は目を細めて、指をつまみ、ある物を持ち上げていた。
「…こ、これはまさしく…」

指でつままれているのは単なるハンカチで、あたしは大きく首を傾げる。
他の２人は、あたしの隣で「はぁ」とため息をついていた。
(…ハンカチが、なに？)
あたしはキョトンと先輩を見つめた。
「まさしくこれは俺にラブアタックってことですな!?」
先輩がウキウキと腕を弾ませて、あたしの腕を掴んだ。
「うわぁ!?」
「マッキー！　買い出しって何!?」
マッキーに訊ねた時には、先輩は目にも留まらぬ速さでエプロンを外していて、足にはサンダルが履かれていた。
それに、あたしの腕を掴んで。
「俺らが買ってくるから！　急いで！　にゃん太っ」
「え、あ、はい!?」
玄関で早く早くとステップ（地団駄？）を踏んでいる先輩があたしの腕を引く。
急遽《きゅうきょ》、買い出しはあたしと先輩の役割になった。
「買ってくるもの何!?　マッキー!!」
先輩のその急ぎ声に、この前同様、マッキーは呑み込まれた。
「あ、酒！　酒が足んないって言ってた！」
先輩が急がせるので、マッキーも口早に言う。
それを聞いた先輩は「おっけー」とウインクをして、なぜかあたしまでも巻き込む。

「行くよ、にゃん太！」
「え…はい。あっ、待って…」
腕を引っ張られたあたしは、親指と人差し指じゃなく、違う所にサンダルのマタが挟まり、転びそうになる。
それでも先輩はお構いなしに、強引にあたしの腕を引いた。
「行くぞー！」
なぜかやたらとご機嫌だった。

「………。」
ミーンミンミンミン…と夏の風物詩の鳴き声が響く。
視界の先は暑さでじんわりと歪んでいる。
あれが、きっと、蜃気楼《しんきろう》というもの。
ジン…と暑い太陽が、あたしと先輩の影を垂直に落としていた。
「あ、暑…」
あたしは手をかざして、真上にある太陽を見た。
「！」
と、その時頭に何かが当たった。
「ほーんと、あっついよな～」
先輩があたしの手を引いて、ズンズンと歩きながらもこちらを振り返っていた。
あたしの頭に載せられた先輩の黄色いキャップ。
期待しちゃいけないって、これは誰にでもやってることだって、分かっているのに胸はときめく。

「特別に、貸してさしあげよう」
先輩はニカッと笑って、あたしに言った。
目尻が落ちて、優しい印象。
きっとこの笑顔に、みんな騙される。
“特別”
言われて嬉しい単語を、この人は無意識に使っている。
…やっかいだ。本当に厄介。
だけど一番厄介なのは、あたし。
ダメだって分かっているのに、頬が上がってしまう！
俯いて、先輩に気づかれないようにした。
繋がれた手はそのまま。
鼓動は高鳴る。
ドキドキと心臓は打ちつけたまま、気がつけば人ゴミだらけのビーチに到着していた。
「ほんっと人多いわ…」
先輩がこめかみに光る汗を拭って、そう言葉を漏らした。
ほんとに、見てるだけで暑くなる。
わざわざ暑い時に、暑い場所に来る必要ないのに…。
あたしが海を見つめ、そんなことを思っていると先輩が大きく手を振り上げた。
繋がれていた手が、するりと滑り落ちる感覚と同時。
「あっ！　ゆかりさ〜ん！」
その人ゴミの中、どうして目に留まったのか、疑問になるほど早く、先輩はお姉さんを見つけ出した。

(あ、ゆかりさん!?)
先輩が大きく左手を振り上げ、その声と体にゆかりさんと呼ばれた彼女が振り向く。
「あ、由海くん！」
微笑む顔はまさしく太陽だ。
キラキラと水面の輝きが劣って見えるほど、ゆかりさんの笑顔は美しい。
ナイススタイル、チャーミースマイル、これで性格が良ければ女の敵決定。
(よ、由海くん〜〜!?)
あたしは怒りと呆れが混じってその２人を見つめた。
「これっ！　落としてましたよっ」
先輩がルンッとステップを踏み、ゆかりさんのもとに近づく。
ゆかりさんも笑顔で先輩に歩み寄った。

経過時間…約20分。
にこにこと会話を続ける２人に、あたしは苛立ちはじめていた。
買い出しなんて、単なる口実。
この前マッキーに怒られたからか、仕事しているって口実のため？
あたしは足元に広がる砂を蹴りつつ、小さな山を作っていた。

(…暑い…)
先輩のキャップを深くかぶりなおしても、暑さは淩《しの》げなかった。
ジリジリと肌を焼く、太陽。
暑さと目の前で見せつけられる２人のいちゃつきぶりに、あたしの中の堪忍袋の緒が、ゆっくりと細くなっていく。
……プツン！
とうとうその緒は切れた。
…とはいっても。
「こんな暑い所で気温上げてんなぁ!!!」なんて強いことは言えない。
ジッと俯いて「…あたし、先に買い出し行ってきます…」と小さく呟くだけ。
目を見て言うことはできず、そろそろと言ってみた。
「まじっすか－!?　ゆかりさん細いのに－!!!」
「………！」
あたしの声なんて全然届かない。
ゆかりさんに夢中な先輩。
あたしはぶ――っと頬を膨らませ、フンッと勢いよく２人に背を向け、買い出しに歩いた。
(先輩なんか、もう知んないっ!!!)
お酒を買うために、近くのディスカウントショップへと足を向けた。
つっちーに会ったホテルの傍を歩いていると、ホテルから出てきた女子高生の集団が大きく興奮していた。
「MARUがいたって本当!?」
「！」
その話題に、あたしは反応する。
「ホントだったみたいだよ！　なんか変なパパラッチが来てたもん」
変なパパラッチ…。
あたしはすぐあの男を連想した。
「でも姿見ることなかったよね？　ラブテクでもそんなこと一言も言ってなかったし…」
「収録してるって時もあるでしょー？　いつも生放送ってわけでもないんじゃない？」
あたしはその話題を１人、ふんふんと頷いて聞く。
一昨日《おととい》のことを思い出す。
森から聞こえた、あの声。あの姿。
もしかしたらMARUだったの…かな？
『…また１人？』
確かに“また”って言った。
あの路地での出来事を思い出す。
あの時、「MARU～」って追っかけの子がいたもんな。
あたしはその女子高生軍団とすれ違い、ディスカウントショップへと歩を進めた。

道路を横断してすぐの場所にお酒のディスカウントショッ

プはあった。
ズンズンと涼しい店内を歩き、お酒を見つめる。
先輩のしてることが全くもって、全然理解できない。
あたしを買い出しに付き合わせた意図は何？
このバイト旅行の始まりの時、もしかしたら先輩と大接近できるかもしれない、なんて期待していたけれど…結局はあたしの理想の話だった。
この数日間一緒に過ごしてみたけれど、先輩のことがますます分からなくなっただけ。
あたしは色味のない瞳で、陳列されたお酒を見る。
きちんと認識はしていなくて、ただ見つめているだけ。
先輩の彼女になるって相当大変なんだろうな…。
采ちゃんが言っていた『そういう男の再生は無理！』という言葉を思い出す。
あたしはその言葉をヒシヒシと実感しはじめていた。
「にゃん太！」
その瞬間、先輩の声が店の中に響いた。
あたしはハッとその声の方を見る。
「なんで１人で行動するかなぁ…」
先輩はあたしを自分の方に引き寄せて、深いため息をついた。
(……はぁ!?)
先輩のめんどくさそうな顔を見て、あたしは大きく口を開ける。

１人で行動するかなぁ、ってアナタがお姉さんとウハウハしていたからでしょう!?
あたしは先輩の傍に引き寄せられたのが気に食わず、先輩の傍からブンッと離れた。
「ちょっ…待てよ」
スタスタ歩くあたしに、先輩が走って隣に追いつく。
あたしはますます先輩が分からなくて、だんだんイライラしはじめていた。
(ゆかりさんはどうしたのよ！　もう帰ったから今度はあたしのとこにやってきたってわけ!?)
「…っ！」
すると先輩があたしの肩に手を回し、自分の方に引き寄せる。
「ちょっ…」
「この子、俺の連れだから」
あたしが先輩の腕を払おうと手を上げた瞬間、先輩がそう言った。
あたしはイライラを通りすぎてポカンと先輩を見上げる。
先輩の顔はあたしと逆方向を向いていて、あたしには捻った首筋を見せていた。
車をバックさせる時に、助手席の頭を持って後ろを見る仕草。
どこが一番カッコよく見えるかというと、捻った時の首筋がイイらしい。

狙った子（カッコつけたい子）の前では意識してそういう体勢で駐車する、って芸能人の誰かが話していたのを思い出した。
確かにそういうゴツゴツした筋だったり、男の人の浮き出た血管だったりがカッコいいって言う人がいるのも、なんだか頷ける気がする。
先輩のソウイウ男らしさを見て、あたしはまた１人こんな思いを頭の中で馳せていた。
怒りなんか吹っ飛んで、また、妄想。
「なんだ、いたのかよ」
聞きなれない声が先輩の向こう側から聞こえてきて、あたしはハッと意識を取り戻す。
「…え…？」
うそ。まさか、あたしに…!?
「分かった？　にゃん太」
先輩があたしの方を向いて、また小さくため息を落とした。
「また妄想に浸ってたのかもしんないけど、にゃん太も一応女の子なんだから、こういう季節にこういうところで１人になるのはなし」
あたしの頭に、先輩はポスッと手を置く。
先輩の載せてくれたキャップが、グッと深くかぶされる結果になったので、あたしはその時の先輩の表情が見えなかった。
普通なら「アンタがあたしを１人置き去りにしたんでしょ

ー!?」と怒《いか》れるところだけど、見えなかった先輩の表情と心底心配したように聞こえた声に、あたしは言葉が出なかった。
とにかく、推測される今の事態は…あたしが妄想？悩み？を繰り広げている時に、隣からナ…ナンパをされていたらしい…ということ。
あたしには全く聞こえていなかったけど、多分そこを先輩が助けてくれたんだろう。
(…人生で初めてのナンパだったのに…)
も、もちろんだけど、あのコンビニでのことは断じてナンパではない！
あたしは妄想を駆け巡らせていた自分を少し悔やんだ。
でもそう思うと、今、少し前を歩く先輩があたしはまた愛しく思えてしまう。
…悪い男に捕まってる…って、もしかしたらこういうことを言うのかもしれない…。
浮気男と分かっていても世間のカップルたちがなかなか「切れないのよね…」って言ってるのって、もしかしてこういう優しさを知ってしまうから？
そんなのみんなに優しいんだよ、ってつっちーにも言われたけど、自分だけなのかもしれないって思ってしまうから…？
あたしは、少し冷静に見つめられるようになった瞳で先輩を見つめた。

今はすっかりいつもの先輩で、何かフンフン♪と鼻歌を歌っている。
あたしは、なんともしっくりしない思いを抱えたまま、先輩の傍に歩を進めた。
「で、なんだったっけ…買い出しって」
お酒に視線を向けたまま、先輩があたしに訊ねる。
「え…？」
あたしもその質問に質問で答えた。
「まさかにゃん太、聞いてないとか言う？」
「えぇ!?　先輩が聞いてたじゃないですか!?」
あたしは先輩をギュッと見上げてそう訴えた。
「いや…ほら…俺さ、頭ん中ハンカチでいっぱいだったから…」
先輩がポリッと頭を掻いてそう漏らす。
(やっぱりこの男…)
あたしはピキピキとこめかみを動かした。

「だぁ――！　これじゃねぇっつの！」
厨房《ちゅうぼう》のテーブルに置いた箱の中身を見て、ケベは軽いイナバウアを見せた。
「酒って言ったことは言ったけど…ビールじゃないよ。食酒の方…」
マッキーは、どーんと置かれた箱に入ったビールを見つめ、そう呟く。

「いや、あの言い方じゃ明らかにビール系のアルコールの意味だった。な、にゃん太」
「は、はい…！　あたしもそう思います！」
向かい合って、２対３。
買い出しにしては時間がかかりすぎだと、残っていた３人がタッグを組んでいる。
あたしも先輩も、一歩も譲らぬ覚悟でお酒を買って帰ってきた。
とりあえず、ビールの箱買い。
「２人がいない間に、どれだけ俺らが重労働だったことか。さて、ケベにマッキー。コイツらどうしてくれる？」
キム兄はニヤニヤと口元を上げつつ、そう言った。
（えっ!?　あたしも!?）
「もちろんだとも！　にゃん太くん！」
あたしの表情であたしの思いを受け取ったケベが、グイッとあたしの目の前に人差し指を向けてそう言う。
「じゃ夜のお仕事はおふたりさんでしてもらいましょうかね〜」
ニヤニヤと笑っていたキム兄が、ますます口元を緩ませてそう提案した。
（う、うそでしょ…!?）
あたしはガツンととばっちり。
買い出しに強制連行されただけなのに…！
「ちょうどふた組しか客も入ってないことだし、がんばりますか、お姉さん」
ポンッと軽快にあたしの肩に手を置き、先輩が笑った。
その後ろでケベとキム兄はニヤニヤとあたしたちを見ている。
「…なに…？」
あたしがそう訊ねると「なぁ〜んにも」と含みを持たせてケベが答えた。
「大丈夫？　にゃん太疲れてない？」
マッキーがあたしの傍にそっと近づき、そう言うと、また後ろでニヤニヤ顔の２人がますますニヤニヤを増長させていた。
（だから……何…？）

２人で担当する夜は、ドキドキよりもバタバタが主だった。
せっかく、先輩との距離を縮められるかもしれないって思ったのに…。
あいにく先輩は、あたしよりも女のお客さんに夢中。
あの笑顔を向けられて、悪い気がする人なんていないだろう。
たとえ普段は、このテの軽い男は苦手。という人でさえ、旅先で出会った愛想のいい先輩に悪い気はしないはず。
（くぅ…っ!!）
結局、そんなヤキモチで終わり。
最後に、「にゃーん太っ」と先輩に声をかけられたら、それまでのイライラも消えちゃうから不思議。
「おつかれ～！　よくがんばりましたー！」
…だなんて。
みんなに向ける笑顔で、あたしに微笑まないで！
…って。
本当に伝えられたらいいのに。
「……はぁ」
渡されたジュースを片手に、あたしは頭《こうべ》を垂れた。
先輩は相変わらず緩い笑顔で「？」と口角を上げている。
やっぱりあたしの恋は、前途、多難だ。（目標物に問題あり）

そんなことをしている間に、あっという間にバイト生活最終日になり、最後の日のお客がはけた午後２時頃。
おばあさんたちの厚意で海で遊んでいいことになった。
「「ぃやっとぅわぁぁ～～～!!!」」
喜びをマリオジャンプで表現した男たちが（マッキーは小さくガッツポーズだった）、持ってきていた海パンに穿き替え、玄関から猛ダッシュで駆けだしていく。
「よくがんばってくれたわね…」
その中、猛ダッシュを決め込んでいたケべの手を自分の頬に擦り寄せ、おばあさんはシクシクと涙をこぼしていた。
「やっとぅわぁぁぁ!!!……って、はい…」
ケべは歓喜の波に乗り遅れ、大きく振り上げていた左手をゆっくりと下ろした。
おばあさんの涙を見て、あたしはふとマッキーの言葉を思い出す。
マッキーが言うには、あたしたちくらいの年代の従兄妹《いとこ》が他に５～６人いるらしく、明日からは代わりばんこでバイト生としてお手伝いに来るらしい。
それならこの“いつせ屋”も安泰だ。
（…多分）
最初見た時心配した、この傾いた看板も、男気溢れるキム兄が白いタンクトップ姿で傾斜を戻してくれた。
あたしが外した階段の手すりも、男気溢れるキム兄が…。
人は見かけによるらしい。
「にゃん太ッ！　早くッ！」
そんなことを思いながら、引っ張られて今はホテルの一角。
急かされながら、あたしはのそのそと水着に着替えていた。
水着なんて持ってきてなかったから、泳がなくていいって言ったのに、わざわざレンタルさせられている。
『海に来て泳がないなんて、なんて非国民なんだ！』
なんて４人に責められて、ホテルの貸し出し施設に行くことになった。
『これがいい!!!』
…と、それぞれが自分好みの水着を選んで持ってきて、試着室のドアの上から投げ入れてきた。
「開けないでくださいよ!?」

あたしはもう一度、ドアの向こうにいる先輩たちに言った。
「鍵閉めろ、鍵！　誰も開けねぇけどそれで安心だろ？」
（ピキ…）
ケベが選んできたのは、黒地にラメピンクの花柄ワンピース。
どう見てもあたしの体形では、単なる小学生。
だけど、仕方なくとりあえず着てみた。
「…………却下。」
凹凸がなさすぎる。これじゃビーチは歩けない！
次はキム兄。
キム兄が持ってきたのは、真っ白な生地に赤のボーダービキニ。
おっ、これはなかなか可愛いんじゃない!?と試着してみる。
「…あ、あの…もう一つ小さいサイズありますか…？（とくに上）」
「え、ある中ではこれが一番小さかったよ？」
「…………。」
次は先輩が選んだ水着。
ドアの上から投げ込まれて……。
「却下!!!」
却下即答であたしはドアの上から投げ返した。
（紐《ひも》のやつなんてつけてられるかぁ!!!）
絶対先輩に外される…絶対外される…。
あたしが目を据わらせてぶつぶつと呟くと、ドアの外から声が聞こえてきた。
「誰も外さないのにね？」
（ムッカー!!!）
最後はマッキー。
淡い黄色の水玉ビキニ。
胸元に大きなリボンがあって、小胸ちゃんにナイスデザイン。
しかも下はスカートになっていて、白いフリルがついている。
「これに決めます!!」
あたしはそう叫んで、水着に着替えた。
ドアの向こうで「牧野！　牧野！」と、牧野コールが聞こえた。

「う・み・どぁ〜〜〜!!!」
サンサンと照りつける太陽の下、男たち４人が太陽に向かって、吼《ほ》えた。
何度も行き来していたので、もう慣れっこのはずの海も遊びとなるとまた一段と美しい。
海の先、水平線の所から船が顔を出している。
碧《あお》い海と白い波。
水色の空の下方には入道雲。
もくもくと体を大きくさせて、のんびりと航海を続けている。

あたしは波打ち際まで走り、すぐに砂に足を取られてスライディングヒットした。
ヒットした相手は…。
「ぎょひ!?」
またあのいかついお兄ちゃん!!
しかし、その兄ちゃんの意識ははるか遠く。
カメラのレンズを何かに当てて、不細工面をしている。
どうやらやっと、モデルを見つけたらしい。
(い、今のうちに…)
あたしはそろ〜りと起き上がり、濡れていない砂浜に身を隠した。
(あっ！　でももしかしてMARUを狙い打ちしてるとか!?)
あたしは人のいないビーチパラソルから、そろりと兄ちゃんの視線を辿る。
「…にゃん太、お前アホだろう…」
その一部始終を見ていたらしい先輩があたしの後ろで腕を組んでいた。
その隣には、３人の家来。
「家来言うな！」
「ひっ!!」
心の中で思っていたはずなのに、なぜか全部ばれていた。
「にゃん太は携帯持ってないんだから、勝手に傍から離れない！」
先輩があたしの腕を掴む。

は、はわわわわわ…!!
ただでさえ水着姿。
先輩の引き締まった体を前に、呼吸さえも危ういのに、スキンシップなんて反則。
鼻血を噴き出す勢いで、あたしは吐息を荒くした。
隣で見ていたケベとキム兄が「ふぅぅぅん」「へぇぇぇ〜」と大きく鼻を鳴らす。
「…にゃん太って携帯持ってないの？」
その横でマッキーがケベに訊ねた。
「持ってないんじゃなくて、持って“来てない”んです！」
あたしは大きく叫んだ。
(壊れちゃったから！)
あ…だからもしかして、先輩はお店で「勝手に離れるな」って言ったの…かな？
…ん？
でも自分から買い出しに連れ出しといて…？
あたしは腕を組み、「ううん？」と首を傾げた。
ボコーンッ
「ったぁ!?」
傾げていた頭をますます傾げさせてくれるボールの洗礼。
真っ赤な顔のキム兄が男気を見せたらしい、膨らんだビーチボール。
今度は木村コールがビーチに湧いていた。
「負けたチームがジュースおごり〜！」

そう言って、真剣勝負のビーチボールバレーが始まる。
「ちょ、待てよ！　ムトー!!」
「えっ、あたしもですかぁ!?」
「狙え！　穴場はにゃん太だっ!!」
「ハンデください！　ハンデっ！」
「勝負にハンデも待ったもない！　行け！　久保田スペシャル!!」
「牧野、取ったー!!!」
「簡単に抜かれてたまるかぁ!!!」
はしゃぐ声。
弾ける、笑顔。
軽くて、スケベで、ちゃらんぽらんな人たちだって思ってたのに。
今はこの空間が楽しくなってきている。
「にゃん太！　いけぇ!!」
「にゃん太イリュージョン!!」
お笑い芸人のイラストを載せたビーチボールが、青い空に溶け込んだ。

「スコー!!!」
帰りのバスの中、男たち３人のいびきの大合唱。
２対３で挑んだビーチボールバレーは、先輩とあたしの勝利に終わった。

お酒を買ってもらおうとした先輩を、あたしが止める。
『なんでだよー』と不服そうに唇を尖らしたが、本気でお酒を買ってもらうつもりではなかったらしい。
先輩の、こういう軽いところには、まだまだ慣れない。
そんな感じで、いつせ屋に帰りつき、バイト代をいただいた。
おばあちゃんたちは、まごころで経営しているらしく、思っていたよりもはるかに大きな金額をいただいてしまった。
そんなことを思いながら、あたしは隣に座る先輩をちらっと見つめた。
小麦色に焼けた先輩は、ずっと窓の外を眺めていた。
その瞳が途中でカクンと大きく揺れる。
(寝てくれたら…寝顔が見れるのに)
あたしの席は先輩とマッキーの間。
そんな先輩を、消えゆく意識の中で見つめた。
一番後ろ、５人がけの席に座ったあたしたちは、前の席に座ってる人たちが振り向くほどの爆睡を見せている。
長くはないけど上がった先輩のまつげが、トロンと眠りのワルツを奏ではじめていた。
いろんなことがあったこのバイト旅行。
先輩のことを知れたのか知れなかったのか、結局のところは何も分からない。
とにかくはっきりしていることは、先輩の気持ちを掴むことがまだまだできなかったということだけ。

（ひどいことも言われちゃってたし…）
ひどいことを言われたのに、悲しかったのに、先輩のたった一言の「ごめんね」で、良しとしてしまったあたし。
これが恋の落とし穴なのかもしれない。
盲目という名の落とし穴…？
あたしは消えゆく意識の中でそんなことを考えていた。

「スースー…」
気がつけば、先輩の肩を枕に眠りに落ちていたらしい。
絶対惜しいことをした。
先輩の肩で眠るなんて。
寝ちゃうなんてもったいない。
ちょっとは戦略的に、寝たふりでもできたらよかったのに。
そしたら先輩が、どんな行動に出るのか、知れたのに。
「あーぁ。にゃん太ってば、すっごい幸せそーな顔して寝ちゃって…」
寝ていたと思っていたメンバーが、夢うつつのあたしを見てそう言った。
「にゃん太がんばってたもんなー。ムトーが他の女と笑顔で話すたび、気が気じゃないって顔してたもんな」
ケベがそう言うと、先輩は知らなかった、といわんばかりに返事をした。
「そ？」

「気づいてたくせに」
マッキーが冷たく言う。
バス停に近づいたバスがスピードを緩め、それと同時にあたしの頭も揺れた。
なんだかんだと言いながら、ずり落ちそうになったあたしの頭を、先輩は再び自分の肩に乗せてくれた。
「そ、そんなの着れないです〜…！」
悪夢にうなされたあたしを、他の４人がキョトンと見つめる。
そしてふっと笑顔になった。
あたしはそれでも夢の中。
へんてこな水着を着せられる、そんな夢を見ていた。

バイト生活も無事に終わり、数日後、バイト代片手に采ちゃんと買い物。
采ちゃんはお兄ちゃんに連れられて、１週間フィジーに行っていたらしい。
なぜか手渡されたお土産はカンガルーの肉。
「…フィジーって島だよね？」
「オーストラリアに近いからね」
采ちゃんはしれっとそう言い、並べられた“夏割！”携帯を見つめている。
あたしは入ったバイト代で、新しい携帯を調達しようと目《もく》論《ろ》んでいた。
長年愛用していた携帯は、家を出た時のまま、もうぽっくりと遠い世界。
あたしは采ちゃんの隣で、一つの携帯を持ち上げた。
おばあさんの厚意で、驚く金額（あたしにとっては）が入っていた金一封と書かれた給料袋。
それを握り締め、あたしは携帯を持ち上げてみる。
「…これに決めます！」
あたしはショップの店員さんにそう言い、おニューな携帯を手に入れた。

采ちゃんと別れて少しした頃。
もう随分と夕陽も陰り、黄昏時《たそがれどき》の真ん中頃。
「お疲れ様でしたー」
一つの大きなビルから、背の高い男の人が姿を現した。
既に携帯に夢中だったあたしは、全くその人に意識を留めず、家路を目指す。
スタスタスタ…
（…ん？）
もう少しで自分の家に着くという頃、あたしはようやくその不審な影に気がついた。
スタスタスタスタ…
（……んん？）
あたしは少しゆっくりと歩を進めてみる。

スタ…スタ…
すると後ろのその人も、スタ…スタ…と足並みを合わせてきた。
あたしは携帯を握り締めたまま、徐々にスピードを上げる。
（な、なんで最近こんな災難ばっかりなのよぉッ）
冷や汗をかきながら、やっと辿り着いたその角をあたしはギュッと曲がった。

ゴォォォ〜〜〜〜ン

この世の中で、一番何が綺麗かと聞かれたら、あたしはなんと答えるだろうか。
空？
海？
太陽？
月…？
もしくはお星様？
あたしの頭上をピヨピヨと「お星様」が回る。
クラッシュしたその相手は、長く高くそびえ立つ灰色の物体。
角を曲がった所にちょうど立っていて、ぶつかるという意識もないままあたしは激突した。
ゆっくりと体勢が崩れて、こうしてあたしは変態に捕まる。
「………」

追いついた変態はあたしがゆらゆらと倒れるのを見て、少し焦りの色を見せた。
「…まじかよ…」
そう呟いた声が、意外と若く、そして聞き覚えのある声だったのをあたしは薄れゆく意識の中で感じる。
人生でたくさんの失態を見せてきたあたしだったけど、変態に捕まったのは今日のこの時が初めてだった。

人間の記憶はいい思い出を残して、嫌な思い出は消していく働きがあるって、テレビの中でお偉い教授みたいな人が言っていた。
それが本当ならば、あたしの記憶は欠陥だ。
いや、そうじゃない。
いい記憶というのが少ないのかもしれない。
思い出すと、「**あ〜〜〜〜〜〜ッッ!!!**」と大声で叫びたくなることや、独り言を言わずにはいられなくなる、消し去りたい記憶がいっぱいある。
そんな人生を送ってきたあたしの中で、きっと今日のことも一生、叫ばずにはいられない“勘違い”になるだろう。

「……ん…？」
乗り物に乗ると心地よい眠りに誘われるように、揺られたリズムが心地よく、あたしは気を失っていたのか眠っていたのかが分からなくなった。

うっすらとまぶたを開いても、薄暗い世界に、あたしはまだ朝じゃないのか…と、おかしな時差ボケを起こす。
「………。って、**あぁ!?**」
腕の中で暴れるあたしに、その影は少し揺れて立ち止まった。
「…もう歩ける？」
暗闇の中、その影はあたしを地面に帰化させてそう呟いた。
日は暮れ落ち、電灯に照らされたその影はポキッと首を鳴らしている。
呆気にとられて見たその姿は、確かどこかで出会ったことのある、あの姿だった。

黒い髪に、黒い瞳。
見えている輪郭は、すっとシャープで大人っぽい。
電灯の下、あたしはグルグルと記憶を辿り、ギリギリセーフで頭の片隅に追いやっていたコノ人を思い出した。
『…由海、客…』
確かそう呟いた男の人だ。
初めて先輩のクラスに行った時にすれ違った人。
謝ったのに、無視してくれた、あの人！
でも…。
一体なんでこんな所に…？
あたしは辺りを見回し、ここが自分の家のすぐ近くであることを確認する。

一軒家の多い、我が家のある筋から、いくつか駅よりのこの通り。
大学生や独り身の人が部屋を借りるにはもってこいのアパートやマンションが立ち並んでいる。
しかも、この声。
確かにあたし、最近聞いている。
この人の声を聞いたのは、ずーっと前のあの時が最後だったはずなのに。
……ここはホンジョウ……。
まさか…、
もしかして…、
この人って…。
あたしはゴクリと唾を飲み込み、頭の中で考える。
その仕草を感じ取ったのか彼が口を開いた。
「…たまたまだから。別にアンタを尾《つ》けてたわけじゃない」
チラリと黒い瞳が、視線が、突き刺さる。
「………。」
(あぁ〜〜〜〜!!!)
叫びたくなる自分の大勘違い!
勝手に尾けられてると思って走って突進して激突して気絶した。
自分の一連の行動に、あたしは真っ赤を黒に溶け落とす。
空では星がうっすらと見えはじめているから、俯いたあたしの顔色は多分見えないだろう。

あたしたちは無言で時を迎えた。

気まずい空気が２人の間を通り抜け、彼が先に口を開いた。
「ここから帰れる？」
彼が言う。
「あ、はい…」
その言葉で、あたしはこの人に抱き上げられていたことを思い出した。
思い出すと顔が赤くもなり、蒼くもなるのを感じる。
ただでさえ、やらかしたことが恥ずかしいのに、ダイエット途中のこの体を抱き上げられたことが恥ずかしい…。
『ただでさえ可愛らしい体形なんだから』
先輩が呆れ半分の笑顔で言った言葉を思い出した。
（もっとがんばっとけばよかった…）
こういうことがあるって事前に分かっておけば、とあたしはトホホと頭を下げる。
「ありがとうございました…」
あたしはゆっくりと頭を下げ、彼にお礼をした。
「…あそこでアンタを抱えてたら変な目で見られたから動かしただけだから」
そう言って、彼はクルリと背を向ける。
その後ろ姿にあたしはドクンと胸が鳴る。
（え……？　この後ろ姿は…やっぱり……）

「何やってたんだよっ！　俺もう時間ねぇよ?!」
そう思った瞬間、彼の頭上から聞き慣れた声が聞こえた。
あたしは彼の背からスライドして、その声の主を見る。
すぐ目の前の灰色の可愛いアパート。
デザインは煉瓦《れんが》造りをイメージしている２階建ての、全部で６部屋しかない綺麗なアパートだった。
その左端の２階。
この時間帯には迷惑な掛け声に、あたしは目を見張った。
部屋からこぼれる光のせいでシルエットしか見えないが、
ここ数日前に一緒に働いたあの人。
あたしの悩みの種になっているアイツ。
先輩が目の前にいる男に叫んでいた。
街灯の下にいるあたしを見て、先輩は言う。
「…あれ…？　にゃん太…？
……え…、
お前ら……、
知り合い…？」

【②巻へ続く】

※この物語はフィクションです。実在の人物・団体等は一切関係ありません。作品中一部、飲酒・喫煙等に関する表記がありますが、未成年者の飲酒・喫煙等は法律で禁止されています。

本書に対するご意見、ご感想をお寄せください。

あて先

〒160-8326
東京都新宿区西新宿4-34-7

アスキー・メディアワークス
魔法のiらんど文庫編集部
「ももしろ先生」係

著者・ももしろ ホームページ
「Milky Sky」
http://ip.tosp.co.jp/i.asp?I=momonosorairo

「魔法の図書館」
(魔法のiらんど内)
http://4646.maho.jp/

魔法のiらんど

月間35億ページビュー、月間600万人の利用者数を誇る日本最大級の携帯電話向け無料ホームページ作成サービス(PCでの利用も可)。魔法のiらんど独自の小説執筆・公開機能「BOOK機能」を利用したアマチュア作家が急増。これを受けて2006年3月には、ケータイ小説総合サイト「魔法の図書館」をオープンした。ミリオンセラーとなった『恋空』(著:美嘉、2007年映画化)をはじめ、2009年映画化『携帯彼氏』(著:Kagen)、2008年コミック化『S彼氏上々』(著:ももしろ)など大ヒット作品を生み出している。魔法のiらんど上の公開作品は現在100万タイトルを超え、書籍化された小説はこれまでに240タイトル以上、累計発行部数は1,900万部を突破。教育分野へのモバイル啓蒙活動ほか、ケータイクリエイターの登竜門的コンクール「iらんど大賞」を開催するなど日本のモバイルカルチャーを日々牽引し続けている。(数字は2010年1月末)

魔法のiらんど文庫

純情スロットル①

2010年8月25日　初版発行

著者　ももしろ

装丁・デザイン　カマベヨシヒコ(ZEN)

発行者　髙野 潔

発行所　株式会社アスキー・メディアワークス
〒160-8326
東京都新宿区西新宿4-34-7
電話03-6866-7324(編集)

発売元　株式会社角川グループパブリッシング
〒102-8177
東京都千代田区富士見2-13-3
電話03-3238-8605(営業)

印刷・製本　大日本印刷株式会社

ISBN978-4-04-868818-5　C0193

魔法のiらんど文庫創刊のことば

『魔法のiらんど』は広大な大地です。その大地に若くて新しい世代の人々が、さまざまな夢と感動の種を蒔いています。私達は、その夢や感動の種が育ち、花となり輝きを増すように、土地を耕し水をまき、健全で安心・安全なケータイネットワークコミュニケーションの新しい文化の場を創ってきました。その『魔法のiらんど』から生まれた物語は、著者と読者が一体となって、感動のキャッチボールをしながら生み出された、まったく新しい創造物です。

そしていつしか私達は、多数の読者から、ケータイで既に何回も読んでしまったはずの物語を「自分の大切な宝物」、「心の支え」として、いつも自分の身の回りに置いておきたいと切望する声を受け取るようになりました。

現代というこのスピードの速い時代に、ケータイインターネットという双方向通信の新しい技術によって、今、私達は人類史上、かつて例を見ない巨大な変革期を迎えようとしています。私達は、既成の枠をこえて生まれた数々の新しい物語を、新鮮で強烈な新しい形の文庫として再創造し、日本のこれからをかたちづくる若くて新しい世代の人々に、心をこめて届けたいと思っています。

この文庫が「日本の新しい文化の発信地」となり、読む感動、手の中にある喜び、あるいは精神の支えとして、多くの人々の心の一隅を占めるものとなることを信じ、ここに『魔法のiらんど文庫』を出版します。

2007年10月25日

株式会社 魔法のiらんど
谷井 玲